Харуки Мураками

Харуки

Мураками

К югу от границы,

на запад от солнца

ЭКСМО

МОСКВА 2003

УДК 89
ББК 84(5 Япо)
М 91

Haruki Murakami
Kokkyõ no minami, taiyõ no nishi

Перевод с японского *Ивана и Сергея Логачевых*

Оформление художника *Андрея Рыбакова*

Мураками Х.

М 91   К югу от границы, на запад от солнца: Роман /
Пер. с яп. Ивана и Сергея Логачевых. — М.:
Изд-во Эксмо, 2003. — 208 с.

ISBN 5-699-03050-6

«К югу от границы, на запад от солнца» (1992) — самый пронзительный роман классика современной японской литературы Харуки Мураками (р. 1949). Через двадцать пять лет в жизнь преуспевающего владельца джазового бара возвращается мистическая возлюбленная его детства — и почти забытая страсть вспыхивает вновь. Но призрак смерти неотступно следит за ним...

«Касабланка» по-японски. Роман об экзистенциальной любви, которой не суждено сбыться, — впервые на русском языке.

УДК 89
ББК 84(5 Япо)

ISBN 5-699-03050-6

1

Я родился 4 января 1951 года. В первую неделю первого месяца первого года второй половины двадцатого века. Было в этом что-то знаменательное, поэтому родители назвали меня Хадзимэ[1]. Кроме этого, о моем появлении на свет ничего особенного не скажешь. Отец работал в крупной брокерской фирме, мать — обычная домохозяйка. Студентом отца взяли на фронт и отправили в Сингапур. Там после окончания войны он застрял в лагере для военнопленных. Дом, где жила мать, сгорел дотла в последний военный год при налете «Б-29». Их поколению от войны досталось по всей программе.

Впрочем, я появился на свет, когда о войне уже почти ничего не напоминало. Там, где мы жили, не было ни выгоревших руин, ни оккупационных войск. Фирма дала отцу жилье в маленьком мирном городке — дом довоенной постройки, слегка обветшалый, зато просторный. В саду росла большая сосна, был даже маленький пруд и декоративные фонари.

Самый типичный пригород, место обитания среднего класса. Все мои одноклассники, с которыми я дружил, жили в довольно симпатичных особнячках, отличавшихся от нашего дома только размерами. У всех —

---

[1] В переводе с японского — «начало». — *Здесь и далее примечания переводчика.*

парадный ход с прихожей и садик с деревьями. Отцы моих приятелей по большей части служили в разных компаниях или были людьми свободных профессий. Семьи, в которых матери работали, попадались очень редко. Почти все держали собаку или кошку. Знакомых из многоквартирных домов или кондоминиумов у меня не было. Потом я переехал в соседний городок, но и там, в общем, наблюдалась та же самая картина. Так что до поступления в университет и переезда в Токио я пребывал в уверенности, что люди нацепляют галстуки и отправляются на работу, возвращаются в свои особнячки с неизменным садиком и кормят какую-нибудь живность. Представить, что кто-то живет иначе, было невозможно.

В большинстве семей воспитывали по двое-трое детей — это средний показатель для мирка, где я вырос. Мои друзья детства — все без исключения, кого ни возьми — были из таких, словно по трафарету вырезанных, семей. Не два ребенка — значит, три, не три — так два. Изредка попадались семейства с шестью, а то и семью наследниками и уж совсем в диковину были граждане, которые ограничивались единственным отпрыском.

Наша семья как раз была такой. Единственный ребенок — ни братьев, ни сестер. Из-за этого в детстве я долго чувствовал себя неполноценным. Каким-то особенным, лишенным того, что другие принимали как должное.

Как же я тогда ненавидел эти слова — «единственный ребенок». Каждый раз они звучали как напоминание, что во мне чего-то не хватает. В меня будто тыкали пальцем: «Ну ты, недоделанный!»

В окружавшем меня мире все были убеждены на сто процентов: таких детей родители балуют, и из них вырастают хилые нытики. Прописная истина: «чем выше поднимаешься в гору, тем больше падает давление» или «корова дает молоко». Поэтому я терпеть не мог, если кто-то спрашивал, сколько у меня братьев и сестер. Стоило людям услышать, что я один, как у них срабатывал рефлекс: «Ага! Единственный ребенок! Значит, испорченный, хилый и капризный». От такой шаблонной реакции становилось тошно и больно. На самом же деле, подавляло и ранило меня в детстве другое: эти люди говорили истинную правду. Я ведь действительно был избалованным хлюпиком.

В моей школе таких «единственных детей» было совсем мало. За шесть начальных классов мне встретился только один экземпляр. Я очень хорошо помню ее (да, это была девочка). Мы подружились, болтали обо всем на свете и прекрасно понимали друг друга. Можно даже сказать, я к ней привязался.

Звали ее Симамото. Сразу после рождения она переболела полиомиелитом и чуть-чуть приволакивала левую ногу. Вдобавок Симамото перевелась к нам из другой школы — пришла уже в самом конце пятого класса. Можно сказать, на нее легла тяжелая психологическая нагрузка, с которой мои проблемы и сравниться не могли. Но непомерная тяжесть, давившая на маленькую девчонку, лишь делала ее сильнее — гораздо сильнее меня. Она никогда не ныла, никому не жаловалась. Лицо ничем не выдавало ее — Симамото всегда улыбалась, даже когда ей было плохо. И чем тяжелее, тем шире улыбка. У нее была необыкновенная улыбка. Она утешала, успокаивала, воодушевляла меня, будто говоря: «Все будет хорошо. Потерпи немножко — все пройдет». Спустя годы, я вспоминаю ее лицо, и в памяти всякий раз всплывает эта улыбка.

Училась Симамото хорошо, относилась ко всем справедливо и по-доброму, и в классе ее признали. Я же был совсем другим. Впрочем, и ее одноклассники вряд ли так уж любили. Просто не дразнили и не смеялись над ней. И, кроме меня, настоящих друзей у нее не было.

Может, она казалась другим ученикам чересчур спокойной и сдержанной. Кто-то, верно, считал Симамото воображалой и задавакой. Но мне удалось разглядеть за этой внешностью нечто теплое и хрупкое, легкоранимое. Оно, как в прятках, скрывалось в этой девочке и надеялось, что со временем кто-то обратит на него внимание. Я вдруг сразу уловил такой намек в ее словах, в ее лице.

Из-за работы отца семья Симамото переезжала с места на место, и ей часто приходилось менять школу. Кем был ее отец — точно не помню. Как-то раз она подробно рассказывала о нем, но мне, как и большинству сверстников, мало было дела до того, чем занимается чей-то отец. Какая же у него была профессия? Что-то, связанное то ли с банками, то ли с налоговой инспекцией, то ли с реструктуризацией каких-то компаний. Дом, где поселились Симамото, — довольно большой особняк в европейском стиле, обнесенный замечательной каменной оградой в пояс высотой, — принадлежал фирме, где работал отец. Вдоль ограды шла живая изгородь из вечнозеленых кустарников, сквозь просветы виднелся сад с зеленой лужайкой.

Симамото была высокой — почти с меня ростом. Четкие выразительные черты лица. С такой внешностью она через несколько лет обещала стать настоящей красавицей. Но когда я впервые увидел эту девчонку, она еще не обрела того облика, что соответствовал бы ее характеру. Нескладная, угловатая, она мало кому казалась привлекательной. Потому, наверное, что в ней плохо уживались взрослые черты и оставшаяся детскость. Временами от такой дисгармонии делалось как-то неуютно.

Наши дома стояли совсем рядом (буквально в двух шагах), поэтому, когда Симамото пришла в наш класс, ее на месяц посадили рядом со мной. Я принялся объяснять новенькой особенности школьной жизни: какие нужны пособия, что за контрольные мы пишем каждую неделю, что надо приносить на уроки, как проходим учебники, убираем класс, дежурим по столовой. В нашей школе было заведено: новеньких на первых порах опекали те ученики, кто жил к ним ближе всех. А поскольку Симамото еще и хромала, учитель специально вызвал меня и попросил первое время о ней позаботиться.

Поначалу нам никак не удавалось разговориться — так обычно бывает у одиннадцати-двенадцатилетних мальчишек и девчонок, которые стесняются друг друга. Но когда выяснилось, что мы с ней единственные дети в семье, все пошло как по маслу — нам стало легко и просто, и мы начали болтать без умолку. Прежде ни ей, ни мне не доводилось встречаться с ребятами, у которых не было братьев или сестер. Мы разговаривали до хрипоты — ведь так много хотелось сказать. Из школы часто возвращались вместе. Идти нам было чуть больше километра, мы шли медленно (из-за хромой ноги Симамото не могла ходить быстро) и разговаривали, разговаривали... Скоро мы поняли, что у нас много общего: оба любили читать, слушать музыку и нам обоим нравились кошки. Мы не умели раскрывать душу людям. Не могли есть все подряд — у нас был длинный список того, что мы терпеть не могли. Интересные предметы давались нам без труда, нелюбимые мы ненавидели лютой ненавистью. Хотя были между нами и отличия: Симамото сознательно старалась заслониться, защитить себя. Не то, что я. Она училась серьезно, хорошо успевала даже по самым противным предметам, чего не скажешь обо мне. Иными словами, защитная стена, которой она себя окружила, оказалась куда выше и прочнее моей. Но то, что скрывалось за этой стеной, мне поразительно напоминало меня самого.

Я быстро привык к Симамото. Раньше со мной такого не бывало. Меня не бил никакой мандраж — не то что с другими девчонками. Мне нравилось возвращаться с ней домой из школы. Она шла, слегка приволакивая ногу. Иногда присаживалась в парке на скамейку и немного отдыхала. Мне это было совсем не в тягость — скорее наоборот, я радовался, что есть время пообщаться еще.

Все больше времени мы проводили вместе. Не припоминаю, чтобы кто-то нас из-за этого дразнил. Тогда я не очень удивлялся, но сейчас это выглядит странновато. Ведь в таком возрасте стоит детям заметить, что какой-то мальчишка дружит с девочкой, они тут же начинают издеваться. Мне кажется, дело было в характере Симамото. В ее присутствии ребята испытывали легкое напряжение и не хотели выставлять себя дураками. Как бы поневоле думали: «Лучше при ней чепуху не молоть». Иногда, казалось, даже учителя не знали, как себя вести с Симамото. Может, из-за ее хромоты? Так или иначе, все, похоже, осознавали, что дразнить ее не годится, и мне это было приятно.

На уроки физкультуры Симамото не ходила и оставалась дома, когда мы всем классом отправлялись на экскурсии, в поход в горы или летний лагерь, где все занимались плаванием. Во время школьных соревнований ей, наверное, бывало не по себе, но во всем остальном у нее была самая обыкновенная школьная жизнь. О ноге она совсем не вспоминала — разговоров об этом, насколько я помню, не было ни разу. Никогда по дороге из школы она не извинялась, что идет медленно и задерживает меня, да и на лице ее неловкости я не замечал. Но я прекрасно понимал: она все время думает о своей ноге и именно потому избегает этой темы. Симамото не очень любила ходить в гости к другим ребятам — там ведь надо снимать обувь, а на ее туфлях разные каблуки — один немного выше другого, да и сами туфли друг от друга отличались, — и она не хотела, чтобы кто-то это видел. Туфли ей, должно быть, делали на заказ. Я обратил на них внимание, когда заметил, что у себя она в первую очередь снимает туфли и старается побыстрее убрать их в шкаф.

В гостиной у Симамото стояла новенькая стереосистема, и я часто заходил к ней послушать музыку. Система была очень приличная, чего не скажешь о пластинках, которые собирал ее отец. Их оказалось штук пятнадцать, не больше — в основном, легкая классическая музыка для неискушенных любителей. Мы слушали их бесчисленное множество раз, и я до сих пор не забыл ни одной ноты.

Пластинками занималась Симамото. Доставала диск из конверта и, держа его обеими руками, не касаясь поверхности, ставила на проигрыватель. Потом, смахнув щеточкой пыль со звукоснимателя, плавно опускала на пластинку иглу. Когда сторона заканчивалась, Симамото прыскала на нее спреем и протирала мягким лоскутком. В завершение пластинка возвращалась в конверт и водружалась на свое место на полке. Симамото научилась этим операциям у отца и выполняла их с ужасно серьезным видом, сощурившись и почти не дыша. Я сидел на

11

диване и наблюдал за ней. И лишь когда пластинка оказывалась на полке, Симамото поворачивалась ко мне, чуть улыбаясь. Всякий раз мне приходило в голову, что она держит в руках не пластинку, а чью-то хрупкую душу, заключенную в стеклянный сосуд.

У меня дома не было ни проигрывателя, ни пластинок. Родители музыкой не интересовались, поэтому я слушал у себя в комнате радио — маленькую пластмассовую «мыльницу», принимавшую только средние волны. Больше всего мне нравился рок-н-ролл, но я быстро полюбил и классику, которую мы слушали у Симамото. То была музыка из «другого мира», она притягивала меня — возможно, потому, что к этому миру принадлежала моя подружка. Раз или два в неделю после обеда мы заходили к ней, сидели на диване, пили чай, которым угощала нас ее мать, и слушали увертюры Россини, бетховенскую «Пасторальную» симфонию и «Пер Гюнта». Мамаша была рада, что я приходил к ним. Еще бы! Дочка только-только пошла в новую школу, а у нее уже приятель появился. Тихий, всегда аккуратно одет. Сказать по правде, старшая Симамото не сильно мне нравилась. Сам не знаю, почему. Со мной она всегда была приветлива, но иногда в ее голосе звучали нотки раздражения, и временами я чувствовал себя не в своей тарелке.

Среди пластинок отца Симамото у меня была любимая — концерты Листа для фортепиано. По одному концерту на каждой стороне. Любил я ее по двум причинам. Во-первых, у нее был очень красивый конверт. А во-вторых, никто из моих знакомых — за исключением Симамото, разумеется, — фортепианных концертов Листа не слушал. Сама эта мысль волновала меня. Я попал в мир, о котором никто не знает. Мир, похожий на потайной сад, куда вход открыт только мне одному. Слушая Листа, я чувствовал, как расту над собой, поднимаюсь на новую ступеньку.

Да и музыка была прекрасная. Поначалу она казалась мне вычурной, искусственной, какой-то бессвязной. Но я слушал ее раз за разом, и понемногу мелодия стала складываться в моей голове в законченные образы. Так бывает, когда смутное изображение постепенно обретает перед вашим взором четкие очертания. Сосредоточившись и зажмурив глаза, я мысленным зрением наблюдал бурлящие в этих звуках водовороты. Из только что возникшей водяной воронки появлялась еще одна, из нее тут же — третья. Сейчас я, конечно, понимаю, что эти водовороты были отвлеченной абстракцией. Мне больше всего на свете хотелось рассказать о них Симамото, однако объяснить нормальными словами то, что я тогда ощущал, было невозможно. Для этого требовались какие-то другие, особые слова, но таких я еще не знал. Вдобавок у меня не было уверенности, что мои ощущения стоят того, чтобы о них кому-то рассказывать.

К сожалению, память не сохранила имени музыканта, игравшего Листа. Запомнились только блестящий красочный конверт и вес на руке — пластинка непостижимым образом наливалась тяжестью и казалась необычайно массивной.

Вместе с классикой на полке у Симамото стояли Нат Кинг Коул и Бинг Кросби. Мы ставили их очень часто. На диске Кросби были рождественские песни, но они шли хорошо в любое время года. И как только они нам не надоедали?

Как-то в декабре, накануне Рождества, мы сидели у Симамото в гостиной. Устроились, как обычно, на диване и крутили пластинки. Ее мать ушла куда-то по делам, и мы остались в доме одни. Зимний день выдался

13

пасмурным и мрачным. Солнечные лучи, с трудом пробиваясь сквозь низкие тяжелые тучи, расчерчивали светлыми полосами пылинки в воздухе. Время шло; все, видимое глазу, потускнело и застыло. Надвигался вечер, и в комнате уже стало совсем темно — прямо как ночью. Свет никто не включал, и по стенам растекалось лишь красноватое свечение керосинового обогревателя. Нат Кинг Коул пел «Вообрази». Английских слов песни мы, конечно, не понимали. Для нас они звучали как заклинание. Но мы полюбили эту песню, слушали ее снова и снова и распевали первые строчки, подражая певцу:

> Пуритэн ню'а хапи бэн ню'а бру
> Итизн бэри ха'то ду[1]

Теперь-то я, понятное дело, знаю, о чем эта песня. «Когда тебе плохо, вообрази, что ты счастлива. Это не так трудно». Эта песня напоминала мне ту улыбку, что постоянно светилась на лице Симамото. Что ж, правильно в песне поется — можно и так к жизни относиться. Другое дело, что иногда это очень тяжело.

На Симамото был голубой свитер с круглым воротом. Я помню у нее их несколько, одинакового цвета: похоже, голубой ей нравился больше прочих оттенков. А может, голубые свитеры просто шли к темно-синему пальто, в котором она все время ходила в школу. Из-под свитера выглядывал воротничок белой блузки. Клетчатая юбка, белые хлопчатобумажные чулки. Мягкий обтягивающий свитер выдавал едва заметные припухлости на груди. Симамото устроилась на диване, поджав ноги.

---

[1] Искаженные слова песни классика американской эстрады Ната Кинга Коула (1917—1965) «Вообрази»: «Pretend you're happy when you're blue / It isn't very hard to do».

Облокотившись о спинку дивана, она слушала музыку, глядя куда-то вдаль, словно рассматривала одной ей видимый пейзаж.

— Правда, говорят, что если у родителей только один ребенок, значит, у них отношения не очень? — вдруг спросила она.

Я ненадолго задумался, но так и не сообразил, какая тут может быть связь.

— С чего ты это взяла?

— Один человек сказал. Давно уже. Предки не ладят, поэтому заводят ребенка и потом — всё. Я, когда про это услышала, расстроилась страшно.

— Гм-м.

— А твои между собой как?

Я замялся: просто не думал об этом, — и ответил:

— Вообще-то у мамы со здоровьем не очень хорошо. Точно не знаю, но с еще одним ребенком ей, наверное, было бы слишком тяжело.

— А ты думал, как бы тебе было с братом или сестрой?

— Нет.

— Почему? Почему не думал?

Я взял со стола конверт от пластинки и попробовал рассмотреть, что на нем написано, но в комнате уже стало совсем темно. Положив конверт обратно, потер запястьем глаза. Мать как-то спросила у меня о том же самом. Тогда мой ответ ее ни обрадовал, ни огорчил. Выслушав меня, она ничего не сказала — только сделала какое-то странное лицо. Хотя ответив ей, я был абсолютно честен и искренен перед самим собой.

Ответ получился очень длинный и сбивчивый. Я так и не смог толком выразить, что хотел. А хотелось мне сказать вот что: «Я вырос без братьев и сестер и получился такой, какой есть. А если бы они были, я был бы сейчас другим. Поэтому что ж думать о том, чего нет?» В общем, вопрос матери показался мне бессмысленным.

То же самое я ответил Симамото. Она слушала, не сводя с меня глаз. А меня что-то притягивало в ее лице — я, конечно, осознал это позже, вспоминая то время. Словно она мягкими, нежными касаниями слой за слоем снимала тончайшую оболочку, в которую заключено сердце человеческое. И сейчас прекрасно помню, как менялось выражение ее лица, слегка кривились губы, как в ее глазах, где-то очень глубоко, загорался слабый, едва различимый огонек, напоминавший пламя крошечной свечки, что мерцает в длинной, погруженной во тьму комнате.

— Я вроде понимаю, о чем ты, — тихо сказала Симамото. Эти слова прозвучали так, будто их вымолвил не ребенок, а вполне взрослый человек.

— Да?

— Угу. Мне кажется, в жизни что-то можно переделать, а что-то нельзя. Вот время. Его не вернешь. Прошло и все, обратного пути не будет. Правда ведь?

Я кивнул.

— Время идет и застывает. Как цемент в ведре. И тогда назад уже не вернешься. То есть ты хочешь сказать, что цемент, из которого ты сделан, уже застыл, поэтому ты можешь быть только таким, какой ты сейчас, а не другим. Так?

— Так, наверное, — неуверенно отозвался я.

Симамото долго разглядывала свои руки и наконец сказала:

— Знаешь, иногда я думаю: а что будет, когда я вырасту, замуж выйду? В каком доме буду жить? Чем стану заниматься? И еще думаю, сколько детей у меня будет.

— Ого! — сказал я.

— А ты про это думаешь?

Я покачал головой. Чтобы двенадцатилетний мальчишка об этом задумывался?

— И сколько же детей ты хочешь?

Симамото переложила руку со спинки дивана на колено. Я рассеянно смотрел, как она не спеша водит пальцами по квадратам своей юбки. Что-то загадочное было в этих движениях; казалось, от ее пальцев тянутся невидимые тонкие нити, из которых сплетается новое время. Я зажмурился, и в наполнившей глаза темноте забурлили водовороты. Появились и беззвучно пропали. Откуда-то доносился голос Ната Кинга Коула — он пел «К югу от границы». Песня была о Мексике, но тогда я этого еще не знал, и в звуке этих слов — «к югу от границы...» — мне лишь слышалось что-то необычайно привлекательное. Интересно, что же там, к югу от границы? — подумал я, открыл глаза и увидел, что Симамото все еще водит пальцами по юбке. Где-то внутри у меня блуждала едва ощутимая сладкая боль.

— Странно, — сказала она, — но больше одного ребенка я почему-то представить не могу. Мамой себя вообразить — это пожалуйста. Но только с одним ребенком. Без брата, без сестры.

Она развилась рано — это факт, а я был мальчишкой, существом другого пола, и наверняка ее привлекал. Да и у меня было к ней такое же влечение. Но я понятия не имел, что с ним делать. Симамото, по всей вероятности, — тоже. Только раз она дотронулась до меня. Мы шли куда-то, и она схватила меня за руку, точно хотела сказать: «Давай сюда, скорее». Наши руки соприкасались секунд десять, но мне показалось, что прошло, как минимум, полчаса. Когда она выпустила мою руку, мне

захотелось, чтобы она снова взяла ее. И я понял: Симамото сделала это нарочно, хотя все произошло очень естественно, будто невзначай.

Я помню ее касание до сих пор. Ничего подобного я
не чувствовал ни до того случая, ни после. Обыкновенная рука двенадцатилетней девчонки. Маленькая, теплая. Но в то же время в ее ладони сосредоточилось для
меня все, что я хотел и должен был тогда узнать. Симамото как-то раскрыла мне глаза, дала понять, что в нашем реальном мире есть некое особое место. За те десять
секунд я успел превратиться в крохотную птичку, взмыть
в небо, поймать порыв ветра. Оглядеть с высоты прости-
равшуюся подо мной землю. Она казалась такой далекой, что разобрать толком, что там, внизу, было невозможно. «И все-таки там что-то есть. Когда-нибудь я
попаду туда и все увижу». От такого открытия перехватило дыхание, и в груди что-то забилось.

Придя домой, я сел за стол у себя в комнате и долго
рассматривал руку, за которую держала меня Симамото.
Я был в восторге: она держала меня за руку! Ее мягкое
касание еще много дней согревало мне сердце. И в то же
время оно сбило меня с толку, заставило мучаться вопро-
сом: а что я буду делать с этим теплом?

* * *

Окончив шестой класс[1], мы с Симамото расстались. Обстоятельства сложились так, что я переехал в другой го-

[1] В Японии существует девятилетняя система обязательного школьного
образования: начальная шестилетка и три года обучения в средней
школе. Стремясь продолжить образование, большинство японских
школьников поступают затем в так называемую «школу высшей ступени», где учатся еще три года.

род. Хотя, может, это слишком громко сказано — до «другого города» было всего пару остановок на электричке, поэтому я несколько раз приезжал навестить Симамото. За три месяца после переезда — раза три-четыре, наверное. Но потом я эти поездки бросил. Ведь у нас был такой сложный возраст, когда достаточно пустяка — стали ходить в разные школы и жить на разных станциях, почти соседних, — и начинает казаться, будто мир перевернулся. Другие приятели, другая школьная форма, другие учебники. Вдруг все стало меняться: фигура, голос, мысли, — и в наших отношениях с Симамото, прежде таких душевных, все чаще возникали неловкости. А она, наверное, менялась еще сильнее — и телом, и душой. Из-за этого я чувствовал себя паршиво. А тут еще ее мать стала смотреть на меня как-то странно: «Почему этот мальчик все время к нам приходит? Ведь он больше здесь не живет. И в другой школе учится». А может, я просто принимал все чересчур близко к сердцу? Но нельзя же было не обращать внимания на ее взгляды.

Я отдалялся от Симамото все больше и в итоге совсем перестал к ней ездить. Скорее всего, я совершил ошибку. (Впрочем, об этом можно только гадать. В конце концов, я не обязан копаться во всех закоулках своей памяти, вспоминая о прошлом, и решать, что в нем правильно, а что нет.) Надо было крепко держаться за нее. Я нуждался в ней, а она во мне. Но я был чересчур застенчив и легко раним. И больше не видел ее, пока не встретил через много лет.

Даже когда наши встречи прекратились, я все время тепло вспоминал Симамото. Эти воспоминания поддерживали меня, когда взрослеть мне было мучительно. Как владелец ресторана держит на столике в самом тихом уголке своего заведения табличку с надписью «Заказан», так и я надолго оставил в сердце место для Симамото. Пускай и думал, что больше никогда ее не увижу.

В двенадцать лет серьезный интерес к противоположному полу во мне еще не проснулся. И хотя уже одолевало смутное любопытство: «Зачем у нее на груди эти бугорки? Интересно, а что у нее под юбкой?», я не имел понятия, что это значит и к чему может привести. С закрытыми глазами я рисовал в голове картины. Конечно, они получались нечеткими, незавершенными. Все представлялось смутно, как в тумане; очертания расплывались и таяли. И все же было ясно, что в этих образах кроется что-то исключительно важное для меня. И я знал: перед глазами Симамото возникают те же картины.

Существа еще не сформировавшиеся, мы только начали ощущать реальность, пока непознанную, которой еще предстояло раскрыться и заполнить собой нашу незавершенность. Мы стояли перед незнакомой дверью. Вдвоем, в тусклом дрожащем свете, схватившись за руки на десять мимолетных секунд.

2

В школе высшей ступени я ничем среди прочих не выделялся. Старшие классы — второй этап жизни, шаг в эволюции моей личности. Я перестал считать себя особенным и стал обычным, нормальным человеком. Внимательный наблюдатель, конечно, легко обнаружил бы у меня целый набор комплексов. Но у кого их нет в шестнадцать лет? В этом смысле я походил на остальной мир, а мир — на меня.

В шестнадцать лет от прежнего хилого маменькиного сынка ничего не осталось. В средних классах я начал ходить в школу плавания недалеко от нашего дома. Освоил кроль и серьезно тренировался два раза в неделю. И пожалуйста — раздались плечи и грудь, окрепли мышцы. Задохлик, хвативший простуду от одного дуновения ветерка и вынужденный отлеживаться в постели, остался в прошлом. Раздевшись догола в ванной, я подолгу разглядывал себя в зеркало. Мне нравилось, что мое тело меняется буквально на глазах. Я радовался не тому, что расту, постепенно становлюсь взрослым, а скорее — самому процессу моего преображения. Я превращался в другого человека. Вот, что меня привлекало.

Я много читал, слушал музыку. Книги и музыка интересовали меня и раньше, а от дружбы с Симамото привычка читать и слушать лишь окрепла. Я полюбил ходить в библиотеку и глотал книги одну за другой. Они действовали на меня, как наркотик: открыв книжку, я уже не мог от нее оторваться. Читал за едой, в электричке, допоздна в постели, в классе на уроках. Купил портативную стереосистему и, как только выпадала свободная минута, запирался в своей комнате и крутил джазовые пластинки. Но делиться с кем-нибудь впечатлениями о прочитанных книгах и о музыке желания не возникало. Мне вполне хватало собственного общества. Короче, одиночка с высоким самомнением. Меня совершенно не привлекали командные виды спорта, и вообще я терпеть не мог соревнований, где для победы нужно считать очки. Плавание мне подходило куда больше — плывешь сам по себе, все спокойно, никакого шума.

При всем том, однако, я не был таким уж безнадежным мизантропом. У меня появились близкие школьные друзья — правда, немного. Хотя, скажу честно: в школу ходить я не любил. Приятели постоянно давили на меня, поэтому все время приходилось быть начеку. Но если бы не они, беспокойный тинэйджерский период прошел бы для меня еще болезненнее.

Начал заниматься спортом — сразу заметно сократился черный список ненавистной еды; я научился общаться с девчонками, не заливаясь краской ни с того ни сего. И в один прекрасный день окружающие перестали замечать, что я — единственный ребенок в семье. Так — по крайней мере, внешне — я избавился от этого клейма.

И завел себе подружку.

* * *

Красивую? Да ничего особенного. Во всяком случае, не тот тип, что казался привлекательным моей матери, когда она, рассматривая фото моего класса, вздыхала и спрашивала:

— Как фамилия этой девочки? Прямо красавица.

Но когда я в первый раз увидел эту девчонку, она показалась мне хорошенькой. На фотографии этого не разберешь, но от нее веяло притягательным теплом. Конечно, красоткой я бы ее не назвал, но ведь и мне тоже особо нечем было похвастаться.

Мы учились в одном классе и часто встречались. Сначала брали за компанию кого-нибудь из ее подружек и моих приятелей, потом стали ходить вдвоем. Мне было с ней удивительно легко. При ней язык у меня развязывался, а она всегда слушала мою болтовню с удовольствием и таким интересом, будто я совершил важное открытие, от которого перевернется весь мир. После Симамото первая девушка слушала меня так внимательно. Да и мне хотелось знать о ней все, любую мелочь. Что она ест каждый день, какая у нее комната. Какой вид из окна.

Звали ее Идзуми[1].

— Имя у тебя — просто супер, — сказал я на первом свидании. — Вроде есть такая сказка: кто-то бросает топор в родник — и появляется фея.

Она рассмеялась. У Идзуми были сестра и брат — на три и пять лет моложе. Отец — стоматолог, поэтому семья жила в отдельном доме. И еще у них была собака — немецкая овчарка Карл. Не поверите, но пса назвали в честь Карла Маркса. Отец Идзуми состоял в компартии. И среди коммунистов попадаются зубные врачи. Может, их даже на четыре, а то и на пять автобусов наберется. Но я прямо-таки обалдел от того, что папаша моей подружки оказался из такой редкой породы. Родители Идзуми с ума

[1] В переводе с японского — «родник».

сходили от тенниса: как воскресенье — обязательно хватали ракетки и срывались на корты. Коммунисты, помешанные на теннисе, — это что-то. Но Идзуми, похоже, не видела в этом ничего особенного. Компартия ей была до лампочки, но родителей она любила и довольно часто играла в теннис вместе с ними. Да и меня хотела втянуть в это дело, но не тут-то было. Теннис — это без меня.

Она страшно завидовала, что я в семье — единственный ребенок, а брата и сестру терпеть не могла, называла их парочкой тупых идиотов.

— Как без них было бы хорошо! Просто красота. Всегда мечтала быть одной у родителей. Живешь спокойно, сама по себе, никто не пристает.

На третьем свидании я ее поцеловал. Идзуми зашла ко мне, когда дома никого не было, — мать отправилась по магазинам. Придвинувшись поближе, я коснулся губами ее губ. Закрыв глаза, она молчала. Я заготовил десяток оправданий на тот случай, если Идзуми обидится или отвернется, но они не понадобились. Не прерывая поцелуя, я обнял ее и прижал к себе. Лето катилось к финишу; на ней было полосатое льняное платье с пояском, концы которого болтались сзади, как хвостик. Ладонь нащупала у нее на спине застежку лифчика. Я чувствовал дыхание девушки на своей шее. Сердце так колотилось в груди, что готово было выскочить. Мой член уткнулся Идзуми в бедро; казалось, он вот-вот лопнет от напряжения. Идзуми лишь чуть-чуть отодвинулась. Наверное, для нее в такой сцене не было ничего противоестественного или неприятного.

Мы сидели обнявшись на диване в гостиной. Напротив, на стуле, расположился кот. Он покосился на нас, потянулся лениво и снова погрузился в спячку. Я гладил ее волосы и целовал в маленькое ухо. «Надо бы что-то сказать», — мелькнуло в голове, но подходящих слов не нашлось. Какие там разговоры! Я и дышал-то еле-еле. Взяв Идзуми за руку, я поцеловал ее еще раз. Мы долго молчали.

Проводив Идзуми до станции, я все никак не мог успокоиться. Вернулся домой, повалился на диван и уставился в потолок. В голове был полный кавардак. Вскоре вернулась мать и позвала меня ужинать. Но мне и думать о еде не хотелось. Ни слова не говоря, я сунул ноги в ботинки, вышел из дома и часа два бродил по городку. Мне было странно. Вроде я уже не один, и в то же время такое одиночество навалилось, какого раньше я никогда не чувствовал. Как будто впервые в жизни надел очки и никак не могу поймать перспективу. Казалось, далекое — вот оно, совсем рядом; неясные, расплывчатые предметы обретали четкие очертания.

Когда мы прощались на станции, Идзуми поблагодарила меня:

— Я такая счастливая! Спасибо тебе.

Я, конечно, тоже был рад — как-то не верилось, что девушка разрешила себя поцеловать. Как не радоваться! Но был ли я на седьмом небе от счастья? Вряд ли. Я напоминал башню, лишенную фундамента. Чем дольше вглядывался вдаль с ее верхушки, тем сильнее меня раскачивало. Почему именно эта девчонка? Что я о ней знаю? Ну встречались несколько раз, болтали о разной чепухе. И больше ничего. Я места себе не находил от этих мыслей.

Вот если бы вместо Идзуми оказалась Симамото, если бы с ней я обнимался и целовался, я бы так не дергался. С ней мы понимали друг друга без слов, и никогда между нами не возникало неловкости.

Но Симамото рядом больше не было. У нее теперь своя, новая жизнь, а у меня — своя. Потому и сравнивать ее с Идзуми нечего. Все равно без толку. В старую жизнь дверь захлопнулась, нужно как-то утверждаться в окружающем меня новом мире.

Небо на востоке уже зарозовело, а я все не спал. Подремав кое-как пару часов, принял душ и пошел в школу. Надо поймать Идзуми и поговорить с ней. Убедиться, что все, что было вчера между нами, — правда. Услышать от нее, что ничего не изменилось. Ведь она и правда сказала на прощанье: «Я такая счастливая! Спасибо тебе». Хотя кто знает: вдруг мне это на рассвете привиделось? В школе нам поговорить так и не удалось. На перемене Идзуми не отходила от подружек, а после уроков сразу убежала домой. Мы только раз обменялись взглядами — когда переходили в другой кабинет. На ее лице мелькнула приветливая улыбка, я тоже улыбнулся в ответ. И все. Но в улыбке Идзуми я уловил: да, вчера все было так, как было. Словно она говорила мне: «Все было на самом деле». Так что когда я возвращался на электричке домой, от сомнений, мучивших меня, почти не осталось следа. Идзуми была мне нужна, и тяга к ней легко пересилила все колебания и сомнения.

Что же я от нее хотел? Ну, это понятно. Раздеть хотел, хотел секса. Однако до этого было еще далеко. В таких делах существует четко установленный порядок. Для начала требуется расстегнуть молнию на платье. Но чтобы дойти до самого главного, надо принять порядка двадцати, а то и тридцати весьма непростых решений.

Прежде всего, следует запастись презервативами. Конечно, еще не известно, когда до них дело дойдет, но все же необходимо их где-то раздобыть. О том, чтобы купить в аптеке, я даже не думал. Хорош школьник, если покупает такие вещи!.. Нет, у меня смелости не хватит. В городке стояло несколько автоматов, торговавших этим добром, но я страшно боялся: вдруг кто-

26

нибудь засечет меня. Мучился я этой проблемой дня три-четыре.

Но в конце концов все уладилось проще, чем я думал. Был у меня приятель, которого считали специалистом в таких делах. Недолго думая, я решил обратиться к нему:

— Знаешь, мне презервативы понадобились. Не поможешь достать?

— Нет ничего проще. Хочешь пачку? — ответил он невозмутимо. — Мой брат назаказывал их по каталогу целую кучу. Не знаю, зачем ему столько. Полный шкаф. Одной пачки он и не заметит.

— Принеси, а? Будь другом.

На слсдующий день он притащил резинки в школу в бумажном пакете, а я заплатил в буфете за обед за двоих и попросил его никому об этом не рассказывать. Он обещал молчать и, конечно же, растрепал все своим дружкам, а те уже раззвонили по всей школе. Дошла история и до Идзуми. Она вызвала меня после уроков на школьную крышу и сказала:

— Хадзимэ! Я слышала, Нисида тебе презервативы дал.

Это словечко далось ей с большим трудом — оно прозвучало, как название вредоносного микроба, вызывающего какую-нибудь страшную инфекционную болезнь.

— Э-э-э... — промямлил я, безуспешно пытаясь подобрать нужные слова. — Да я так... Просто думал, может, лучше, чтобы были. На всякий случай...

— Ты для меня их достал?

— Да нет, что ты! Интересно посмотреть, вот и все. Извини, если тебе неприятно. Я их обратно отдам или выкину.

Мы устроились в уголке на маленькой каменной скамеечке. Собирался дождь, и на крыше, кроме нас, никого не было. Кругом ни звука. Я и не думал, что здесь бывает так тихо.

Наша школа стояла на вершине холма, и с крыши был прекрасно виден весь городок и море. Как-то раз мы с приятелями стащили из школьного радиоузла десяток старых пластинок и стали запускать их с крыши. Поймав ветер, они, ожившие на мгновенье, радостно, по красивой дуге, летели в сторону гавани. И надо же было случиться: одна пластинка не набрала высоту, неловко закувыркалась в воздухе и свалилась прямо на теннисный корт, до смерти напугав двух новеньких девчонок — их угораздило там тренироваться. Нам тогда по первое число досталось. И вот через год с небольшим после того случая на том же месте подружка учинила мне допрос из-за этих злосчастных презервативов. Подняв голову, я увидел кружившего в небе коршуна. Здорово, наверное, быть такой птицей. Летай себе, и больше от тебя ничего не требуется. Уж во всяком случае — предохраняться не надо.

— Я тебе правда нравлюсь? — тихо спросила Идзуми.

— Еще как! — отвечал я. — Конечно, нравишься.

Сжав губы в ниточку, она посмотрела мне прямо в глаза и так долго не отводила взгляда, что мне сделалось не по себе.

— Ты мне тоже, — наконец сказала Идзуми.

«Сейчас скажет: но...» — подумал я и угадал.

— Но не торопись, пожалуйста.

Я кивнул.

— Ты такой горячий. Подожди. Я не могу так быстро. Просто не могу. Мне подготовиться надо. Ты ведь можешь подождать?

Я снова кивнул, не сказав ни слова.

— Обещаешь? — проговорила она.

— Обещаю.

— Ты не сделаешь мне больно?

— Не сделаю, — сказал я.

Идзуми опустила голову и поглядела на свои туфли — обыкновенные черные мокасины. Рядом с моими они казались совсем маленькими, словно игрушечными.

— Я боюсь! — сказала она. — Мне стало казаться в последнее время, что я превратилась в улитку, у которой отобрали ее домик.

— Я сам боюсь, — отозвался я. — Чувствую себя иногда, как лягушка с рваными перепонками.

Идзуми подняла на меня глаза и улыбнулась.

Будто сговорившись, мы молча встали и перешли в тень какой-то будки на крыше, обнялись и поцеловались. Улитка без домика и лягушка без перепонок на лапках... Я крепко прижал к себе Идзуми. Наши языки робко соприкоснулись. Рука скользнула по ее блузке, нащупала грудь. Идзуми не возражала, лишь закрыла глаза и вздохнула. Грудь у нее оказалась небольшая и уютно уместилась в ладони, будто ей там было самое место. Идзуми тоже прижала руку к моей груди, к самому сердцу, и это касание как бы влилось в его глухие толчки. «Конечно, она совсем другая, не такая, как Симамото, — думал я. — Нечего ждать от нее того, что я получал от Симамото. Но она моя и старается отдать мне все, что может. Как же я могу сделать ей больно?»

Я ничего тогда не понимал. Мне и невдомек было, что можно нанести человеку такую глубокую рану, после которой уже ничего не вернешь, не поправишь. Иногда для этого достаточно одного твоего существования.

3

Мы встречались с Идзуми больше года. Каждую неделю. Ходили в кино, вместе занимались в библиотеке, просто гуляли. Но до секса дело все не доходило. Раза два в месяц я приглашал Идзуми к себе, если родители куда-нибудь уходили. Мы обнимались на кровати, но раздеваться она отказывалась наотрез, хоть и знала, что дома никого больше нет. Осторожничала: «А вдруг они сейчас вернутся? Что тогда?» Идзуми не трусила, нет. Такой у нее был характер: терпеть не могла неловких и неприличных ситуаций.

Так что приходилось обнимать ее поверх одежды и всячески изворачиваться, неловко просовывая пальцы под разные бретельки и резинки, чтобы все-таки добраться до тела.

— Ну не спеши, — говорила она, глядя на мою унылую физиономию. — Подожди еще чуть-чуть. Мне же надо подготовиться.

Сказать по правде, я не очень-то и торопился. Непонятно, что будет дальше. Да и, надо сказать, история эта мне уже порядком надоела. Конечно, Идзуми мне нравилась, и вообще приятно, когда у тебя есть подружка. Если бы не она, про те годы и вспомнить было бы нечего — тоска зеленая. Простая, хорошая девчонка, такие обычно нравятся. А интересы у нас были совсем разные.

Книги, музыка... В этом она почти не разбиралась. Поэтому говорить с ней на такие темы на равных было невозможно. Не то, что с Симамото.

Но стоило сесть рядом, коснуться пальцев Идзуми, как на душе сразу становилось легко и тепло. С ней можно было свободно говорить обо всем — даже о том, чего никому другому не скажешь. Мне нравилось целовать ее веки, место между носом и верхней губой. Я любил проводить кончиком языка по маленьким ушам Идзуми, приподняв волосы, а она хихикала от щекотки. Даже сейчас, когда я вспоминаю о ней, перед глазами встает тихое воскресное утро. Все спокойно, хорошая погода, день только начинается. Воскресенье — уроков делать не надо, занимайся чем хочешь. В такое утро мне до сих пор вспоминается Идзуми.

Само собой, недостатки у нее тоже были. Иногда в ней вдруг просыпалось упрямство, да и воображения не хватало. Идзуми шагу не могла ступить за пределы мирка, где выросла. Есть вещи, которые затягивают так, что про еду и сон забываешь. С ней такого никогда не случалось. И еще она очень залипала на своих родителях. Пробовала судить о чем-то — выходило плоско и банально, хотя сейчас я думаю: а что еще можно было ждать от шестнадцати-семнадцатилетней девчонки? От этого делалось скучно и тоскливо. Зато она ни о ком не говорила гадостей, не доставала меня хвастовством. Идзуми явно была ко мне неравнодушна — что бы я ни говорил, всегда слушала внимательно, старалась поддержать. Я много вещал о себе, о будущем, о том, чем хочу заниматься, кем стать. В общем, мечтал и фантазировал, как большинство мальчишек. Но она слушала не отрываясь и подбадривала меня:

— Ты станешь замечательным человеком. Обязательно. Я знаю. Ты отличный парень.

И она говорила искренне. За всю жизнь я ни от кого больше не слышал таких слов.

А как я балдел, прижимая ее к себе! Даже одетую. Хотя никак не мог понять, где же в Идзуми скрывается то, что предназначено *специально для меня*? Искал и не находил. У нее имелась масса достоинств, и они, конечно, намного перевешивали недостатки. Но чего-то в ней не хватало — чего-то самого главного. Разбери я тогда, в чем дело, чего ей недостает — точно затащил бы ее в койку. Сколько ж можно резину тянуть! Правда, не сразу, но все равно запудрил бы девчонке мозги, уговорил бы лечь со мной. Но я этого не сделал — уверенности не чувствовал. Мне тогда было лет семнадцать-восемнадцать — парень без тормозов, да еще любопытство и мысли о сексе одолевали. И надо же: хоть голова и была забита ерундой, но все-таки что-то соображала. Я понимал — раз не хочет, не надо ее принуждать. Наберись терпения и жди.

Но один раз мне все же удалось добиться своего. Как-то я взял и заявил:

— Не могу больше в одежде тискаться. Не хочешь трахаться — не надо. Но я хочу посмотреть какая ты... без этих тряпок, хочу обнимать тебя голой. Пойми! Мне это нужно. Сил нет терпеть!

— Ладно. Если ты так хочешь... — проговорила Идзуми, немного подумав. — Но обещай... — Она сделала серьезное лицо. — Только это. Чего я не хочу, делать не будешь, да?

Это случилось в воскресенье, в самом начале ноября. День выдался замечательный — ясный, хоть немного и прохладный. Родители уехали на поминки по кому-то из родственников отца. Мне тоже бы следовало, но я остался дома, сказав, что буду готовиться к экзаменам. Отец с матерью должны были вернуться поздно вечером. Идзуми пришла после обеда. Мы обнимались на кровати в моей комнате, и я стал раздевать ее. Она лежала с закрытыми глазами и молчала. Копался я долго. Пальцы у меня от рождения корявые, да еще женские наряды так по-хитрому устроены. Пока суд да дело Идзуми открыла глаза и принялась раздеваться сама. На ней были узкие бледно-голубые трусики и такого же цвета лифчик. Не иначе специально купила для такого случая. Раньше она всегда носила белье, которое матери обычно покупают дочерям-школьницам. Вслед за ней разделся и я.

Обхватив нагое тело Идзуми, я целовал шею, грудь, гладил кожу, вдыхал ее аромат. Настоящее чудо — скинуть все с себя и лежать так, крепко прижавшись друг к другу. Я совершенно обезумел и уже изготовился войти в нее, однако Идзуми решительно отодвинулась:

— Извини, — сказала она и, взяв мой пенис в рот, задвигала языком. Ничего подобного Идзуми раньше не вытворяла. Ее язык скользил по головке, я окончательно перестал что-либо соображать и тут же изверг копившуюся во мне энергию.

После этого я долго не отпускал Идзуми, я ласкал каждый сантиметр ее тела, которое купалось в заливавших комнату лучах осеннего солнца. То был фантастический день. Мы не могли оторваться друг от друга, и я кончил еще несколько раз. А она все время бегала в ванную — полоскать рот и смеялась:

— Как все странно.

То воскресенье — самый счастливый день, который мы провели вместе за год с небольшим, пока продолжались наши встречи. Два голых человека... Что нам было скрывать друг от друга? Мне кажется, тогда я узнал об

33

Идзуми гораздо больше, чем за все время, что мы до этого провели вместе, — да и у нее, наверное, было такое же чувство. Мы узнали друг о друге кучу необходимых вещей. Нам были важны не только слова и обещания, но и любая мельчайшая деталь. Накапливаясь, незаметно они подталкивали нас вперед. Этого, похоже, Идзуми и добивалась.

Она долго лежала, устроив голову у меня на груди и будто прислушиваясь к ударам моего сердца. А я гладил ее волосы. Мне было семнадцать. Почти взрослый парень. Жизнь была прекрасна.

* * *

Часа в четыре, когда Идзуми уже собиралась уходить, в прихожей вдруг раздался звонок. Поначалу я решил не открывать: «Кто это еще ломится? Не буду выходить, позвонит и уйдет». Но звонок не унимался, он рассыпался настойчивыми трелями. «Вот черт!» — подумал я. Идзуми побелела как полотно:

— Родители вернулись?

Соскочив с кровати, она принялась собирать разбросанную одежду.

— Да не бойся ты так. Не могут они быть так рано. И потом — у них ключи есть. Чего тогда звонить?

— Мои туфли! — проговорила она.

— Туфли?

— Я туфли в прихожей оставила.

Я кое-как влез в одежду, запихал в шкаф ее туфли и отворил дверь. На пороге стояла тетка — мамина сестра. Она жила одна, в часе езды на электричке, и время от времени наведывалась к нам развеять скуку.

— Что случилось? Звоню-звоню... — спросила тетка.

— Музыку слушал, в наушниках не слышно ничего, — отвечал я. — Родителей нет. На поминки уехали, вернутся поздно. Ты, наверное, знаешь, тетя?

— Знаю-знаю. Я тут заезжала кое-куда по делам и подумала: надо бы тебе ужин приготовить, пока ты занимаешься. Я уже все купила.

— Ну тетя! Что-что, а ужин я сам могу сварганить. Я же не дитё малое, — сказал я.

— Но я уже купила все. А у тебя времени совсем нет. Занимайся спокойно, я все приготовлю.

Вот влипли, подумал я. Ну ё-моё! Как же Идзуми домой вернется? У нас в доме, чтобы попасть в прихожую, надо было пройти через гостиную, а потом топать до ворот мимо кухонного окна. Конечно, можно было сказать тетке, что Идзуми — моя подружка, в гости, мол, пришла, но я ведь должен был изо всех сил готовиться к экзаменам. А какие могут быть занятия, если я девчонку к себе позвал? Просить тетку не рассказывать родителям — бесполезно. Тетушка вообще человек неплохой, но не из тех, кто умеет хранить секреты.

Пока она разбирала на кухне продукты, я поднялся к себе на второй этаж, прихватив туфли Идзуми, и рассказал, что произошло.

Она побледнела:

— Что же мне теперь делать? Так и сидеть здесь? Ведь я до ужина должна быть дома. Знаешь, что будет, если я не приду?

— Не бойся, все будет в порядке. Что-нибудь придумаем, — успокаивал ее я, хоть и не представлял, как вывернуться из этой ситуации. Понятия не имел.

— Застежка от чулка еще куда-то отскочила. Я уж все тут обыскала — нигде нет.

— Застежка?

— Ну да. Маленькая такая, металлическая.

Я обшарил всю комнату — искал на полу, на кровати, но так ничего и не нашел.

— Делать нечего. Иди тогда без чулок.

Я спустился на кухню, где тетка резала овощи. Ей не хватило растительного масла, и она попросила меня сбегать. Отказываться нельзя, и я погнал на велосипеде в ближайшую лавку. На улице уже темнело. Я начал беспокоиться: что ж Идзуми так и будет сидеть у меня в комнате? Надо что-то придумать, пока родичи не вернулись.

— Надо проскользнуть, когда тетка в туалет пойдет, — предложил я.

— Думаешь получится?

— Попробуем. Не век же тут сидеть.

Мы договорились так: я спускаюсь, жду, когда тетка двинет в туалет, и два раза громко хлопаю в ладоши. Идзуми тут же бежит вниз, надевает туфли — и к двери. Если все проходит нормально — звонит из телефонной будки недалеко от нашего дома.

Тетка продолжала сражаться с овощами, варила мисо[1], жарила яичницу. Время шло, а в туалет она, похоже, не собиралась. У меня все внутри кипело: хороша тетушка! С таким мочевым пузырем ей в книгу рекордов Гиннесса надо записываться! Я уж было совсем потерял надежду, когда она сняла, наконец, фартук и вышла из кухни. Удостоверившись, что она закрыла за собой дверь ванной, я выскочил в гостиную и изо всех сил ударил в ладоши — раз, два! Идзуми спустилась по лестнице, держа в руках туфли, проворно их надела и на цыпочках

---

[1] Традиционный японский суп, который готовят на основе пасты из соевых бобов.

36

выскользнула из прихожей. Я метнулся в кухню посмотреть, как она выходит из ворот, и тут же из туалета показалась тетка. Я перевел дух.

Идзуми позвонила через пять минут. Я вышел из дома, обещав тетке скоро вернуться. Идзуми ждала у телефонной будки.

— Все! С меня хватит! — заявила она, не дав мне рта раскрыть. — Больше мы этого делать не будем.

Видно было, что Идзуми разозлилась не на шутку. Я повел ее в сквер возле станции, усадил на скамейку, ласково взял за руку. На ней был красный свитер, поверх него — легкое пальтецо бежевого цвета. Я с нежностью представил ее тело под одеждой.

— Но ведь сегодня так классно было. Пока тетка не заявилась, конечно. Разве нет? — спросил я.

— Да, замечательно. Мне вообще с тобой всегда очень здорово. Но как остаюсь одна — уже ничего не понимаю.

— Чего ты не понимаешь?

— Например, что дальше будет. После школы. Ты ведь, скорее всего, в Токио поедешь, в университет. А я здесь буду поступать. Как же мы дальше будем?

Я действительно решил, окончив школу, перебраться в Токио, в какой-нибудь университет. Надо удирать из этого городка, из-под родительской опеки, пора пожить одному. Годовые оценки в школе у меня были не очень, но по некоторым предметам — вполне приличные, хотя на уроках я, прямо скажу, не напрягался. Так что в частный университет, где мало экзаменов, уж как-нибудь поступлю, думал я. А Идзуми? О том, чтобы она поехала со мной, нечего было и мечтать. Родители ее ни за что бы не отпустили, а она и не думала прекословить — никогда слова против их воли не говорила. Поэтому, конечно, ей хотелось, чтобы я остался. «Наш университет тоже хороший. Что, на Токио свет клином сошелся, что ли?» — уговаривала меня Идзуми. Если бы я пообещал ей не уезжать, она бы наверняка согласилась со мною спать.

— Погоди! Я же не за границу собираюсь. Всего-то три часа езды. А потом, каникулы в университете длинные — значит, три-четыре месяца в году я здесь буду жить, — объяснял я ей снова и снова.

— Но ты же меня забудешь, как только уедешь отсюда. Найдешь себе другую девушку, — опять и опять повторяла Идзуми.

А я каждый раз уверял ее, что такого быть не может: «Ты мне нравишься. Как же я могу так — взять и забыть?» Хотя, сказать по правде, я сам не был уверен в том, что говорю. Достаточно смены декораций, и все сразу может измениться — ход времени, поток эмоций. Как мы расстались с Симамото... Такие неразлучные, и то — стоило перейти в среднюю школу и оказаться в разных городках, как наши пути разошлись. На что я был к ней неравнодушен, и она сама просила ее навещать, но все равно я перестал к ней ездить.

— Никак понять не могу, — продолжала Идзуми. — Ты говоришь, что я тебе нравлюсь, что дорога́ тебе. Но иногда я не представляю, что у тебя в голове.

Тут Идзуми достала из кармана пальто носовой платок и вытерла слезы. Я и не заметил, что она плачет. Не зная, что сказать, я ждал продолжения.

— Мне кажется, ты любишь обдумывать и решать все сам. И чтобы никто не совал нос в твои дела. Может, это потому, что ты единственный ребенок. Привык думать и действовать в одиночку. Считать: раз я так думаю — значит, все правильно, — говорила Идзуми, качая головой. — Иногда это меня ужасно пугает. Как будто меня все бросили и забыли.

«Единственный ребенок»! Давненько я не слышал этих слов, на которые так обижался в младших классах. Но Идзуми вкладывала в них совсем другой смысл. Говоря «единственный ребенок», она имела в виду не избалованного, испорченного мальчишку, а мою натуру, замкнувшуюся в собственном мире и не желающую его покидать. Она не упрекала меня, нет. Просто от этих мыслей на нее напала тоска, вот и все.

— Знаешь, какое это было счастье, когда ты меня обнимал! Я даже подумала: а вдруг и правда у нас с тобой все будет хорошо, — сказала Идзуми, когда мы расставались. — Но в жизни так не выходит, наверное.

Шагая от станции домой, я думал о том, что наговорила мне Идзуми. В общем-то, она правильно сказала: открываться перед другими людьми — не в моей привычке. Идзуми распахнула душу мне навстречу, но я оказался не в состоянии ответить ей тем же. Оставил закрытой калитку в свое сердце, хотя эта девчонка, конечно же, мне нравилась.

Тысячу раз ходил я этой дорогой — от станции к дому, но в тот день наш городок показался мне совсем чужим. Я шел, а видение нагой Идзуми, которую я совсем недавно обнимал, никак не хотело оставлять меня. Я снова видел ее отвердевшие соски, волосы на лобке, ее мягкие бедра. Это было невыносимо. Я купил в автомате у табачной лавки пачку сигарет, вернулся в сквер на скамейку, где мы сидели с Идзуми, и закурил, чтобы успокоиться.

Эх, если бы не тетка — принесла ж ее нелегкая! — все было бы прекрасно. Мы с Идзуми, наверное, расстались бы по-другому. Все было бы куда лучше. Хотя, не будь тетки, все равно, рано или поздно, произошло бы нечто подобное. Не сегодня, так завтра. Самая большая проблема — в том, что все хорошо, никак не удавалось убедить Идзуми. А не удавалось потому, что я не мог этого доказать даже самому себе.

Солнце село, и сразу подул холодный ветер, будто напоминая: зима скоро. Придет Новый год, там, не успеешь оглянуться, и экзамены в университет, а за ними ждет абсолютно новая жизнь. Все изменится, и я стану совсем другим. Грядущие перемены пугали, и в то же время я ждал их с нетерпением. Тело и душа стремились туда, где я еще не бывал, жаждали свежего воздуха. В тот год студенты захватили многие университеты, по улицам Токио валами катились демонстрации. Мир менялся прямо на глазах, и я кожей ощущал его накал. Оставаться в моем сонном городишке было невозможно. Даже если бы Идзуми захотела меня удержать и согласилась со мной переспать, все равно бы уехал. Даже если бы после этого пришел конец нашим отношениям. Оставшись, я бы обязательно лишился чего-то такого, что терять нельзя. Ощущения мечты — зыбкой и обжигавшей острой болью. Такие мечты бывают, только когда тебе семнадцать.

Идзуми ни за что бы не поняла мою мечту. Она тогда грезила о другом, жила в совершенно ином, далеком от меня, мире.

Однако еще до того, как началась моя новая жизнь, между нами неожиданно произошел разрыв.

4

Девица, с которой я лишился невинности, оказалась у родителей единственной дочкой.

Она — или, может, надо сказать: и она тоже? — была не из тех, на кого мужики непроизвольно засматриваются на улице. На такой тип вообще мало внимания обращают. Но, несмотря на это, меня сразу потянуло к ней — как только я ее увидел. Почему? Сам не знаю. Будто средь бела дня в меня вдруг без звука шарахнул невидимый грозовой заряд. Ба-бах! — и все. Без объяснений. И никаких тебе «но» или «если».

* * *

Оглядываясь назад, скажу: красотки в обычном смысле слова всерьез меня никогда не волновали, хотя случались, конечно, и исключения. Иду, бывало, с каким-нибудь приятелем, он раз меня в бок: «Гляди! Какая фемина!» Как ни странно, ни одной такой «фемины» я в лицо вспомнить не могу. Ну не впечатляли меня все эти красавицы — актрисы, фотомодели, что поделаешь? Бог знает, почему так получалось, но факт есть факт. Граница между реальностью и миром грез и мечтаний всегда казалась мне размытой, и даже в тинэйджерские годы, когда страсти кипят, смазливого личика было недостаточно, чтобы я по-настоящему завелся.

Меня всегда привлекала не заурядная внешняя красота, которую можно уложить в несколько физических параметров, а нечто иное, таящееся глубоко внутри. Есть люди, которые в душе балдеют, когда ливень идет, когда землетрясение или вдруг свет вырубается. А я ловил кайф от загадочного и непонятного *нечто*, привлекавшего меня в противоположном поле. Назовем это магнетизмом. Таинственной силой, что притягивает, поглощает людей против их воли.

Пожалуй, ее можно сравнить с ароматом духов. Даже люди, которые придумывают новые, особенные запахи, специалисты, не в состоянии, наверное, объяснить, как это у них выходит. Во всяком случае, научный анализ тут вряд ли поможет. Непонятно, каким образом получается сочетание запахов, сводящее с ума противоположный пол, как зверей в период случки. Один аромат из ста человек привлекает пятьдесят, еще один — другие пятьдесят. Но есть запахи особые, от них с ума сходят всего один или двое из сотни. У меня на такие запахи чутье. В них — моя судьба, я их улавливал издалека. Стоило на горизонте появиться такому человеку, как мне сразу хотелось подойти и сказать: «Эй! Я все о тебе знаю. Никто не знает, а я знаю».

* * *

Как только я ее увидел, тут же решил: хорошо бы с ней переспать. Нет, я просто должен с ней переспать. И еще я инстинктивно понял, что она думает обо мне то же самое. При виде нее у меня буквально пробегала дрожь по телу.

Такое возбуждение накатывало, что эрекция даже ходить мешала. Столь сильное влечение я испытывал впервые (что-то подобное вызывала у меня Симамото, но я тогда был слишком зелен, чтобы рассуждать о женских чарах). Эту девушку я повстречал в последнем классе, в семнадцать лет. Ей было двадцать — она училась в университете, на втором курсе. Как выяснилось, она приходилась Идзуми двоюродной сестрой. У нее был приятель, однако это ничего не меняло. С таким же успехом ей могло быть сорок два, у нее могло быть трое детей или пара хвостиков на заднице. Меня бы это все равно не остановило — так силен был исходивший от нее магнетизм. Мы не могли разойтись просто так. Это я знал наверняка — равно как и то, что жалел бы всю жизнь, если бы отпустил ее.

В общем, получилось, что в первый раз я согрешил с двоюродной сестрой своей подружки. Сестры бывают разные, а эти были — не разлей вода. Дружили с детства, все время ходили друг к другу в гости. Сестра Идзуми училась в Киото и снимала квартиру у Западных ворот Императорского дворца. Как-то мы поехали с Идзуми в Киото и пригласили ее пообедать с нами. После случая с теткой, нагрянувшей в самый неподходящий момент, прошло две недели.

Когда Идзуми отлучилась, я попросил у сестры телефон, сказав, что хочу расспросить ее об университете, в котором она училась. Через пару дней позвонил и предложил встретиться в следующее воскресенье. Немного подумав, она согласилась. Слушая ее, я убедился, что и она не прочь со мной переспать. По голосу понял. В воскресенье я в одиночку отправился в Киото. Мы встретились, и уже через пару часов оказались в постели.

Два месяца у нас была такая любовь, что крыша ехала. Ни походов в кино, ни прогулок, ни разговоров —

о книгах, музыке, жизни, войне, революции. Ничего, кроме секса. Конечно, о чем-то мы говорили, но я почти ничего не помню. В памяти отпечатались только конкретные материальные образы: будильник у подушки, занавески на окнах, черный телефон на столе, календарь с фотографиями, ее одежда, разбросанная по полу... И еще — аромат ее кожи, голос. Я не задавал вопросов, она — тоже. Впрочем, однажды мы лежали в постели, и я вдруг ни с того ни с сего спросил:

— Ты случайно не одна у родителей? Не единственная дочь?

— Одна, — проговорила она с загадочным видом. — Ни братьев, ни сестер. А как ты догадался?

— Да никак. Обычная интуиция.

Она поглядела на меня:

— А может, ты тоже единственное чадо?

— Точно, — сказал я.

Вот и все, что удержала память из этих разговоров. «Единственная дочка. Надо же!»

Мы так увлекались, что забывали о еде. Прерывались, только чтобы не умереть с голоду. Лишь увидим друг друга, сразу же скидываем одежду, прыг в постель и... пошло-поехало. Как в омут головой. У меня внутри все горело, когда я ее видел, да и с ней творилось то же самое. За одну встречу у нас получалось по четыре-пять раз. Я буквально выжимал себя до капли; от такого секса все разбухало и болело. Но ни ей, ни мне, несмотря на бешеную страсть и неистовую силу, толкавшую нас друг к другу, и в голову не приходило мечтать о том, что эта связь надолго сделает нас счастливыми. Словно смерч подхватил нас и понес неведомо куда, но его сила рано или поздно должна была иссякнуть. Мы чувствовали, что вечно это продолжаться не может, поэтому каждая встреча казалась нам последней, и эта мысль распаляла нас еще больше.

Честно говоря, я не любил ее. И она меня, конечно, тоже. Но это не имело значения. Куда серьезнее было другое — меня неудержимо влекло куда-то, втягивало в нечто для меня важное. И мне хотелось знать, что это такое. Очень хотелось. Даже возникло желание — будь такая возможность — запустить руку и нащупать *это* у нее внутри.

Мне нравилась Идзуми, однако с ней я ни разу не переживал эту непостижимую силу. Ее сестру я совсем не знал, чувств серьезных у меня к ней не было, и тем не менее она вызывала во мне дрожь — как магнитом притягивала. О серьезном мы не говорили никогда, зачем это нужно, да и сил на разговоры не оставалось. Хотя даже если бы они вдруг появились, мы лучше бы снова завалились в постель.

Такой угар мог продолжаться без передышки несколько месяцев, пока кому-нибудь из нас это бы не надоело. Наша связь была нужна и ей, и мне; она казалась совершенно естественной и не вызывала никаких сомнений. Для любви, чувства вины, мыслей о будущем в ней не нашлось места с самого начала.

Не откройся моя связь с ее сестрой (хотя скрыть ее было довольно трудно — мы так далеко зашли, что совсем потеряли голову), у нас с Идзуми так бы все и тянулось. Встречались бы, когда я приезжал из Токио на каникулы. Не знаю, сколько бы это продолжалось. Но через несколько лет наш роман, скорее всего, умер бы сам собой. Мы были слишком разные, и со временем пропасть между нами становилась все глубже. Сейчас, когда я оглядываюсь назад, это кажется таким очевидным. Но если уж расставание было неизбежным, оно вполне могло пройти мирно, по-товарищески, и мы бы взошли в этой жизни на новую ступеньку. Так бы, наверное, и получилось, не свяжись я с сестрой Идзуми.

Но все вышло иначе.

Я обошелся с Идзуми жестоко и, в общем, понимал, какую причинил ей боль. Судя по школьным оценкам, она без труда могла поступить в университет, но провалилась на экзаменах и начала учебу в каком-то заштатном женском колледже. После того, как все открылось, мы виделись с Идзуми только раз — долго объяснялись в кафе, где раньше часто бывали. Стараясь быть откровенным до конца, я тщательно подбирал слова, чтобы раскрыть ей свои чувства. Говорил, что не надо делать трагедию из того, что произошло у меня с ее сестрой. Что это — побочное явление, физическое влечение и больше ничего. Что я не собирался ее предавать, поэтому мне стыдиться нечего. Что к нам это никакого отношения не имеет.

Но Идзуми, конечно же, ничего не поняла. Обозвала меня грязным лгуном. В общем-то, по делу. Ведь я, ничего ей не сказав, тайком спал с ее сестрой. Не раз и не два, а десять, двадцать раз. Все это время я ее обманывал. Зачем? Если я такой хороший, зачем было морочить ей голову? Потому что я хотел ее сестру. Безумно хотел иметь ее! Тысячу раз, во всех мыслимых и немыслимых позах. Надо было сразу сказать Идзуми, что к ней это не имеет никакого отношения. Но я не решился и начал врать. Начал и уже не мог остановиться. Выдумывал какой-нибудь предлог, чтобы не встречаться с Идзуми, и мчался в Киото, под одеяло к ее сестрице. Что ж тут было оправдываться, раз кругом виноват?

Идзуми узнала обо всем в конце января, вскоре после моего дня рождения — мне как раз исполнилось восемнадцать. В феврале я легко сдал все экзамены в университет и в конце марта должен был ехать в Токио. Перед отъездом я чуть телефон не оборвал, названивая Идзуми. Она не брала трубку. Я писал ей длинные письма и не получал ответа. Искренне переживал: «Нельзя же просто взять и уехать. Бросить Идзуми в таком состоянии». Но что тут можно было сделать? Она не хотела меня больше знать.

Сидя в «синкансэне»[1], мчавшем меня в Токио, я рассеянно скользил глазами по проносившимся мимо пейзажам и думал — думал о том, что со мной творится. Смотрел на сложенные на коленях руки, на свое отражение в окне. Что я за человек? Первый раз в жизни я себя ненавидел — причем лютой ненавистью. Как я мог так поступить? Почему? Понятно, почему. Если б можно было вернуться назад, я повел бы себя точно так же. Все равно связался бы с сестрой Идзуми, хотя и пришлось бы врать снова. Спал бы с ней, как больно бы от этого ни было Идзуми. Сознаться в этом было тяжело. Но от правды не уйдешь.

Я был жесток не только с Идзуми — и самому себе я нанес рану, хотя в то время еще не понимал, насколько глубокую. Та история должна была многому научить меня, но, посмотрев спустя несколько лет на то, что произошло тогда, я уяснил для себя лишь одну важную вещь. Оказалось, я способен причинять зло. Никому никогда вредить не собирался и вот пожалуйста — выяснилось, что когда мне нужно, я могу быть эгоистичным и жестоким, несмотря на благие намерения. Такие типы способны под благовидным предлогом наносить страшные незаживающие раны даже людям, которые им дороги.

---

[1] Скоростной железнодорожный экспресс, связывающий главные города Японии.

Поступив в университет и переехав в другой город, я попытался обрести новое «я», начать жизнь заново. Надеялся, что, став другим, исправлю допущенные промахи. Вначале казалось, что у меня все получится, но что бы я ни делал, куда бы ни шел, я всегда оставался самим собой. Повторял одни и те же ошибки, так же ранил людей, да и себя заодно.

В двадцать лет меня вдруг обожгла мысль: неужели из меня ничего хорошего уже не выйдет? Все ошибки, которые я совершил, — и не ошибки вовсе. Может, это во мне сидит с самого рождения. От таких мыслей на душе становилось тошно.

5

О четырех годах в университете особо сказать нечего.

В первый год я втянулся в студенческое движение — несколько раз участвовал в демонстрациях, даже с полицией бился. Митинговал вместе со всеми в университете, бывал на политических сходках, познакомился с интересным народом. Но почему-то душа к политике не лежала. Каждый раз, шагая в колонне демонстрантов, взявшись с кем-нибудь за руки, я ощущал себя не на своем месте. Швырял камни в полицейских и думал: нет, это не я. Неужели мне это нужно? Стадное чувство толпы меня не захватывало. Дух уличного насилия, решительные фразы постепенно теряли свою привлекательность, и я начал ностальгически вспоминать дни, которые мы с Идзуми провели вместе. Но что было, того уж не вернешь. То время осталось позади.

Учеба тоже меня мало интересовала. Большинство лекций были бессмысленными, скучными и никакого отклика, кроме безразличия, не вызывали. На занятиях я показывался редко — все время тратил на то, чтобы где-нибудь подработать. Счастье, что вообще четыре года продержался и университет окончил. На третьем курсе познакомился с одной девчонкой, жил с ней полгода, но дальше дело не пошло. В общем, существовал без всякого понятия о том, что же все-таки хочу от жизни.

49

По пути я заметил, что мода на политику прошла. Как флаг, потерявший ветер и бессильно повисший на флагштоке, гигантские волны, одно время сотрясавшие основы, улеглись, растворившись в тусклой повседневности будней.

После университета приятель помог мне устроиться в издательство, выпускавшее школьные учебники. Я коротко постригся, начистил ботинки, облачился в костюм. Издательство — так себе, но в тот год литературоведам вообще некуда было податься. А с такими оценками, как у меня, да еще без связей — в более приличном месте я бы точно получил от ворот поворот. Поэтому пришлось довольствоваться тем, что есть.

На работе я быстро заскучал, чего и следовало ожидать. Место, в принципе, оказалось неплохое, да беда в том, что редактирование учебников не доставляло мне ни малейшего удовольствия. Полгода я вкалывал изо всех сил, надеясь войти во вкус: ну должен же быть результат, когда отдаешь все силы. Но в конце концов смирился — не для меня такая работа, как ни крути, — и окончательно пал духом. Казалось, жизнь кончена. Если ничего не случится, так и придется загибаться за этими тоскливыми учебниками месяц за месяцем. До пенсии еще тридцать три года, нескончаемая череда дней — читай гранки, считай строчки, проверяй орфографию. Женюсь на порядочной девушке, обзаведусь детишками. Буду ждать премий два раза в год — единственная радость. Помню Идзуми как-то сказала: «Ты станешь замечательным человеком. Обязательно. Я знаю. Ты отличный парень». Стыдно вспоминать эти слова. Эх, Идзуми... Нет ничего замечательного во мне. Теперь поняла, наверное. Ну что поделаешь? Все мы люди.

Как автомат отработав день в издательстве, все свободное время я читал или слушал музыку. Решил: раз я обязан работать — значит, оставшееся время надо тратить с пользой для себя, для удовольствия. Выпивать после работы с другими сотрудниками не ходил. И не потому, что был нелюдим. Вовсе нет. Я никого не сторонился. Просто не желал завязывать личных отношений с коллегами в нерабочее время, считал, что мое время должно принадлежать мне одному.

Так незаметно пролетели четыре или пять лет. За эти годы я сменил несколько «подружек», но ни с одной меня надолго не хватало. Проходил месяц-другой, и начинала мучить мысль: «Нет! Это не то». Во всех было что-то не то. С несколькими я просто переспал, без особых эмоций. То время — третий этап в моей жизни. Двенадцать лет — от поступления в университет до того, как мне стукнуло тридцать. Годы разочарований, одиночества и молчания, когда я никому не открывал душу. Вечная мерзлота, одним словом.

Я все глубже замыкался в себе. Везде один — ел, гулял, ходил в бассейн, на концерты, в кино. И ничего — от тоски и грусти не умер. Часто думал о Симамото и Идзуми. Интересно, где они? Чем занимаются? Наверное, замуж вышли. Может, и дети уже есть. Повидаться бы, поговорить хоть часок. Уж им-то можно рассказать о себе все, откровенно. Часами ломал голову, как бы помириться с Идзуми или встретиться снова с Симамото. «Вот было бы здорово!» — воображал я и в то же время пальцем не пошевелил, чтобы мечты мои сбылись. Нет, эти двое ушли из моей жизни и больше не вернутся. Время нельзя повернуть вспять. Я начал разговаривать сам с собой, прикладываться по ночам к бутылке. Стали одолевать мысли, что я никогда не женюсь.

На второй год работы в издательстве я познакомился с одной хромоножкой. У меня с ней случилось свидание. Один парень с работы потащил меня на встречу со своей девчонкой, сказав, что она подружку приведет.

— Правда, она хромает немножко, — конфузливо проговорил он. — Но зато очень миленькая и характер замечательный. Она тебе понравится. Точно. Да она почти и не хромает. Так, чуть-чуть ногу приволакивает.

— Ну и ладно. Велика важность! — отозвался я. Сказать по правде, никуда бы я не пошел, не заикнись он о ее больной ноге. Эти свидания пара на пару мне до чертиков надоели. Идешь и не знаешь, какую кошку тебе в мешке подсунут на этот раз. Но услышав, что она хромая, я уже не мог отказаться.

«Да она почти и не хромает. Так, чуть-чуть ногу приволакивает».

Подружка моего знакомого дружила с этой девчонкой. Вроде, они в школе в одном классе учились. Девчонка оказалась невысокой, симпатичной, с правильными чертами лица. Можно даже сказать, красивой — но не эффектной, бросающейся в глаза красотой, а по-своему, как-то тихо, незаметно. Глядя на нее, я представил себе маленького зверька — он забился в лесную чащу и не показывает оттуда носа. В воскресенье мы сходили утром в кино, а затем вчетвером отправились обедать. За обедом она едва сказала несколько слов. Только молча улыбалась, несмотря на все мои попытки расшевелить ее. В конце концов, наша компания разделилась на пары. Мы с новой знакомой пошли в парк Хибия, выпили кофе. В отличие от Симамото, она прихрамывала на правую ногу, и получалось это у нее немного по-другому. Симамото ходила, слегка вывертывая ступню, а эта девчонка чуть поворачивала носок в сторону и двигала ногу вперед. А вообще походка у них была очень похожа.

Она была в свитере с высоким воротом и джинсах, на ногах — простые грубые ботинки, какие обычно надевают в поход. Почти никакой косметики, на затылке — конский хвост. Она училась на четвертом курсе, но выглядела моложе. Я так и не понял, почему она все время молчала. То ли от рождения такая, то ли незнакомых людей стесняется и ничего толкового не может из себя выдавить. А может, ей вообще сказать нечего. В любом случае, поначалу разговор у нас не получался. Чтобы вытянуть из нее, что она изучает фармакологию в частном университете, пришлось изрядно попотеть.

— Фармакология? А это интересно? — поинтересовался я, когда мы сидели в кафе.

Она покраснела.

— Да ладно, — сказал я. — Мне вот школьные учебники приходится писать. Тоже интересного мало. В жизни полно всякой скукотищи. Не бери всерьез.

Подумав, она, в конце концов, открыла рот:

— Вообще-то это не очень интересно. Но у моих родителей своя аптека.

— Расскажи чего-нибудь про лекарства, а? Я в этом деле ни бум-бум. За последние шесть лет вроде даже ни одной таблетки не выпил.

— Ну и здоровье.

— Да уж... даже похмелья не бывает. Хотя в детстве дохлым был, болел все время. Лекарствами меня прямо закормили. Родители тряслись над моим драгоценным здоровьем. Я же у них один.

Она кивнула и уставилась в чашку с кофе. Долго молчала и наконец сказала:

— Это и вправду не очень интересно. Думаю, есть масса занятий повеселее, чем зубрить состав разных лекарств. Вот астрономия, например. Наука, а в ней романтика. Или людей лечить. Там такие драмы бывают... Хотя мне это близко, знакомо... Натурально как-то.

— Ясно, — сказал я. Ишь ты, оказывается, она разговаривать умеет. Просто слова подбирает не так быстро, как другие.

— А братья или сестры у тебя есть? — спросил я.

— Есть. Два брата. Один женился уже.

— Значит, ты учишься на аптекаря, а потом в родительской аптеке работать будешь?

Она опять покраснела и долго не отвечала.

— Даже не знаю. У братьев своя работа, так что, может, аптека мне перейдет. Мы еще не решили. Отец говорит, если я не захочу, то и не надо. Пока сил хватит, сам будет работать, а потом продаст аптеку.

Я кивнул, ожидая продолжения.

— Все-таки, наверное, останусь в аптеке. С моей ногой трудно другую работу найти.

Так за разговором прошел вечер. Она много молчала, поэтому беседа наша затянулась. При каждом моем вопросе ее щеки заливала краска. Но с ней было не скучно, и я не чувствовал неловкости. И — небывалый случай! — можно даже сказать, что разговор доставлял мне удовольствие. После нашего сидения в кафе мне стало казаться, что я ее знаю давным-давно. Появилось даже что-то вроде ностальгии.

Не то чтобы она меня очаровала. Нет, конечно. Я по-доброму к ней относился, и мне было с ней хорошо. Красивая, характер хороший — правильно парень с работы сказал. Но стоило отбросить все это в сторону и спросить себя: а есть в ней что-то, от чего сердце заходится? — и ответ, к сожалению, получался отрицательный.

В ней не было, а в Симамото было. Я сидел с этой девчонкой, слушал, что она рассказывает, и не переставал думать о Симамото. Понимал, что так нельзя, но ничего не мог с собой поделать. Столько лет прошло, а сердце все равно учащенно билось при одной только мысли о ней. Такое лихорадочное возбуждение, будто где-то в груди открывалась потайная дверца. Но шагая по парку Хибия с этой милой хромой девчонкой, я не чувствовал ни возбуждения, ни дрожи. Только симпатию и тихую нежность.

Ее дом, он же аптека, был в Кобината[1]. Я проводил ее. Мы сидели рядом в автобусе, и за всю дорогу она не проронила ни слова.

Через несколько дней ко мне заглянул тот парень и сообщил, что, похоже, я ей очень понравился.

— Может, закатимся куда-нибудь вчетвером в следующие выходные? — предложил он. Я придумал какой-то предлог и отказался. Не потому, что не хотел ее больше видеть. Сказать по правде, я вовсе был не прочь встретиться еще раз и продолжить наши разговоры. В другой ситуации мы вполне могли бы с ней стать хорошими друзьями. Но получилось так, что мы сошлись на двойном свидании, а здесь главная цель — найти себе партнера или партнершу. Если вы после этого встречаетесь еще — значит, в каком-то смысле берете на себя ответственность. Мне совершенно не хотелось причинять ей боль. Поэтому оставалось одно — отказаться. Больше я никогда ее не видел.

---

[1] Район Токио.

6

Случилась у меня еще одна очень странная встреча — и опять с хромоножкой. Мне тогда было двадцать восемь. Случай был настолько непонятный, что я до сих пор не могу найти ему объяснений.

В Сибуя[1], в предновогодней толчее, я заметил женщину. Она шла, как Симамото — точно так же приволакивая ногу. В длинном красном плаще, под мышкой зажата черная лакированная сумочка. На левом запястье — серебряные часы-браслет. Все вещи очень дорогие, как мне показалось. Я шел по другой стороне улицы, но, увидев ее, поспешил следом, прямо через перекресток. Откуда здесь столько людей? — недоумевал я, рассекая толпу и пытаясь настичь женщину. Из-за ноги она не могла идти быстро. Походкой — просто вылитая Симамото, тоже ногу приволакивает с легким вывертом. Шагая за ней, я не сводил глаз с затянутых в чулки ног — как элегантно они движутся, такое достигается только годами упорных тренировок.

Какое-то время я шел за ней в отдалении. Приспособиться к ее походке — то есть, не передвигаться в темпе остального людского потока — оказалось нелегко. Чтобы подстроиться под ее шаг, я останавливался перед

---

[1]   Один из наиболее оживленных районов Токио.

витринами или начинал рыться в карманах плаща. Женщина была в черных кожаных перчатках, в свободной руке — красный бумажный пакет из универмага. И большие солнечные очки — это в пасмурный зимний день-то. Сзади я видел только ее идеально уложенные волосы — они доходили до плеч, аккуратно загибаясь концами наружу, — и спину под мягким теплым плащом. Разумеется, мне хотелось поскорее узнать, не Симамото ли она. Ответить на этот вопрос было несложно — достаточно зайти спереди и заглянуть в лицо. Но если это она, что я ей скажу? Как дальше себя вести? Может, она меня уже не помнит. Надо все хорошенько обдумать. Чтобы в голове немного прояснилось, я сделал несколько вдохов.

Я долго следовал за ней, стараясь держаться на расстоянии. Она шла не останавливаясь, ни разу не обернулась и вообще не обращала внимания на окружающее. Казалось, настойчиво стремилась к некой цели, выпрямив спину и подняв голову, совсем как Симамото. Если бы я не видел ее ногу, а смотрел выше, от пояса — ни за что бы не догадался, что она хромает. Просто не торопится человек, вот и все. Чем больше я на нее смотрел, тем сильнее она походила на Симамото. Прямо близнецы, честное слово.

Женщина миновала станцию Сибуя, перед которой кишмя кишел народ, и направилась к Аояма. Дорога стала подниматься в гору, и она еще больше замедлила шаг. Да и неудивительно — прошла она уже порядочно, некоторые в такую даль на такси ездят. И для здоровых ног нагрузка будь здоров. Но она все шла и шла, приволакивая ногу, — по-прежнему не оглядываясь и не останавливаясь, даже ни разу не взглянув на витрины, — а за ней на почтительном расстоянии тащился я. Несколько раз она меняла руки, перекладывая сумочку и пакет, — и дальше все так же вперед.

Наконец незнакомка свернула с запруженной людьми главной улицы в какой-то переулок. Похоже, этот район был хорошо ей знаком. Стоило отойти на несколько шагов от оживленной торговой улочки, как начался тихий жилой квартал. Людей стало меньше и, чтобы она не обнаружила за собой слежку, приходилось соблюдать осторожность.

Я шел за ней, наверное, минут сорок. Мы миновали пешеходную улицу, несколько раз повернули за угол и снова очутились на людной Аояма-дори[1]. Но теперь она не стала вливаться в поток пешеходов, а сразу, без малейших колебаний, будто решив все заранее, направилась в небольшое кафе, где подавали пирожные. Потоптавшись минут десять поблизости, я нырнул вслед за ней.

Войдя, я поискал ее глазами. Она сидела спиной к двери, не раздевшись, хотя внутри было душно. Ее шикарный красный плащ нельзя было не заметить. Я сел за самый дальний столик, заказал кофе. Взял лежавшую тут же газету и сделал вид, что читаю. Перед женщиной стояла чашка кофе, но пока я исподтишка наблюдал, женщина к ней даже не прикоснулась. Только достала из сумочки сигарету, прикурив от золотой зажигалки, а все остальное время просидела, глядя в окно. Казалось, она отдыхает или задумалась о чем-то важном. Я пил кофе и, уткнувшись в газету, вновь и вновь перечитывал одну и ту же заметку.

Прошло уже порядочно времени, как вдруг незнакомка решительно поднялась со своего места и двину-

---

[1] Проспект в центральной части японской столицы.

лась прямо к моему столику. Так неожиданно, что у меня будто сердце на мгновение замерло. Но она прошла мимо и направилась к телефону, который стоял возле входной двери. Опустила в него мелочь, набрала номер.

Я сидел недалеко, но из-за галдящих посетителей и гремевших в динамиках рождественских наигрышей ее слов не разобрал. Говорила она довольно долго. Нетронутый кофе остывал на ее столике. Когда незнакомка шла обратно, я увидел ее лицо, но так и не понял, Симамото это или нет. На ней было много косметики, вдобавок солнечные очки скрывали почти половину лица. Подведенные карандашом брови, плотно сжатые тонкие губы, накрашенные ярко-красной помадой. В конце концов, последний раз я видел Симамото, когда нам было двенадцать. Больше пятнадцати лет назад. Лицо этой женщины смутно напоминало девчонку, которую я знал тогда, но сказали бы мне, что это нс она, и я бы поверил. Ясно лишь одно: передо мной была очень привлекательная, дорого одетая женщина не старше тридцати. И хромая.

Я буквально истекал по́том — майка под рубашкой уже промокла насквозь. Сняв плащ, я попросил официантку принести еще кофе. Зачем меня сюда занесло? Я потерял перчатки и пошел в Сибуя купить новые. Но, увидев эту женщину, кинулся к ней как одержимый. Вообще-то, надо было подойти и спросить прямо: «Извините, вас случайно зовут не Симамото?» И все стало бы понятно. Но вместо этого я поплелся за ней. Упустил момент, а теперь уже поздно.

Повесив трубку, она вернулась за свой столик. Опять села ко мне спиной и уставилась в окно. Подошла официантка и спросила, можно ли унести остывший кофе. Я не слышал ее слов, но, судя по всему, она задала именно этот вопрос. Женщина обернулась, кивнула и, похоже, снова заказала кофе. Но и к новой чашке не притронулась. Я по-прежнему делал вид, что читаю газету, и время от времени поднимал глаза на незнакомку. Она постоянно поглядывала на серебряные часики-браслет — видно, кого-то ждала. «Остается последний шанс. Вот сейчас кто-нибудь появится и всё — так я с ней и не поговорю, — думал я, но почему-то никак не мог оторваться от стула. — Нет, еще не время. Успею».

Прошло минут пятнадцать-двадцать. Женщина не отводила глаз от окна и вдруг бесшумно поднялась с места, взяла сумочку и пакет из универмага. Не дождалась, что ли? А может, и не ждала никого. Проследив, как она рассчиталась у кассы и вышла из кафе, я вскочил, заплатил за кофе и вышел следом. Вон мелькнул ее красный плащ. Рассекая толпу, я двинулся за ней.

Женщина подняла руку, останавливая такси. Мигнув огоньком, подкатила машина. «Надо ее окликнуть. Сядет сейчас в такси — и ищи ветра в поле». Я шагнул к ней, и в этот самый момент кто-то схватил меня за локоть. Так сильно, что я чуть не охнул. Не то что бы мне стало больно, нет. Но сила была такая, что даже дыхание перехватило. Обернувшись, я увидел перед собой мужика, и он упирался в меня взглядом.

Сантиметров на пять ниже меня, коренастый, лет сорока пяти. В темно-сером плаще, кашемировый шарф вокруг шеи. Прикид что надо, высший класс. Проборниточка, очки в черепаховой оправе. Загар великолепный — спортсмен, сразу видно. На лыжах, наверное, катается. Или теннисист. У Идзуми папаша любил играть в теннис, у него был такой же загар. Этот, похоже, не последний человек в какой-нибудь преуспевающей фирме. Или чиновник высокого ранга. По глазам видно. У него были глаза человека, привыкшего отдавать приказы.

— Может, кофейку выпьем? — сказал он тихо.

Я проводил глазами красный плащ. Незнакомка, садясь в такси, посмотрела поверх очков в нашу сторону. Или мне показалось? Дверца захлопнулась, и она исчезла из виду, оставив меня наедине с этим непонятно откуда взявшимся мужиком.

— Я не отниму у тебя много времени, — проговорил он без всякого выражения — голосом, в котором не чувствовалось ни раздражения, ни возбуждения. При этом он продолжал бесстрастно сжимать мой локоть с таким видом, будто придерживает дверь, чтобы дать кому-то войти. — Выпьем по чашечке и поболтаем.

Конечно, можно было взять и уйти, сказав: «Кофе я не хочу, разговаривать нам не о чем. Я вас знать не знаю. И вообще, извините, спешу». Однако я так ничего и не сказал — просто смотрел на него, и все. Потом кивнул и, подчиняясь приказу, вернулся в кафе, откуда только что вышел. Почувствовал в его железной хватке какую-то загадочную непоколебимую силу и не иначе как испугался. Он сжимал мою руку, как машина — не ослабляя и не усиливая давления, крепко и надежно. Откажись я от его предложения, что бы он со мной сделал? Даже не знаю.

Но что интересно: вместе с испугом меня одолевало и легкое любопытство. О чем это он собирается со мной говорить? Может, я смогу узнать что-нибудь о незнакомке? Теперь, когда она исчезла, этот тип, возможно, — единственное звено, соединяющее меня с ней. И потом, не будет же он прямо в кафе из меня душу вытрясать.

Мы сели за столик, глядя друг на друга, и не проронили ни слова, пока не подошла официантка. Он попросил принести два кофе.

— Скажи, зачем ты ее преследовал? — вежливо поинтересовался мой визави.

Вопрос остался без ответа.

— Ты же от самой Сибуя за ней увязался, — продолжал он, не сводя с меня невыразительных глаз. — Столько времени шпионил — тут любой бы заметил.

Я молчал. Выходит, она обнаружила, что я за ней иду, зашла в кафе и вызвала этого типа по телефону.

— Не хочешь говорить — не надо. Я и так все знаю, без твоих объяснений. — Он говорил все так же вежливо и спокойно, хотя, вполне возможно, уже начинал закипать. — Я с тобой разберусь. Кроме шуток. Я — человек решительный.

Мужик умолк, но взгляда от меня не отвел, будто давал понять, что ни в каких объяснениях с моей стороны не нуждается. А я продолжал молчать.

— Ладно, сегодня шуметь не будем. Без скандала обойдемся. Понятно? Но только сегодня. — С этими словами он сунул лежавшую на столе правую руку в карман плаща и вытянул оттуда белый конверт. Левая рука осталась на столе. Конверт самый обыкновенный, каких полно в любой канцелярии. — Так что молчи и возьми вот это. Ты не сам на это дело пошел, знаю. Тебя попросили. Поэтому я хочу уладить все тихо, без лишних слов. Ты сегодня ничего не видел, со мной не встречался. Уловил? Если узнаю, что болтаешь лишнее, из-под земли достану. Можешь не сомневаться. Чтобы я тебя возле нее больше не видел. Давай разойдемся по-хорошему. Договорились?

Закончив тираду, он пододвинул мне конверт и поднялся со стула. Выхватил у сидевшей за кассой девушки чек и большими шагами вышел из кафе. Я застыл в изумлении и какое-то время не двигался с места. Потом взял оставленный на столе конверт и, заглянув в него, обнаружил десять бумажек по десять тысяч иен. Новеньких, хрустящих. У меня даже во рту пересохло. Запихав конверт в карман плаща, я выбрался на улицу. Оглянулся и, убедившись, что этого типа нигде не видно, прыгнул в такси и вернулся в Сибуя.

Вот и вся история.

Я храню этот конверт со ста тысячами иен с тех самых пор. Больше ни разу его не открывал — так и похоронил в ящике стола. Временами по ночам, когда никак не удается уснуть, я вижу лицо человека, с которым столкнулся тогда в Сибуя. Всякий раз оно встает передо мной, словно дурное предзнаменование. Кто же он, в конце концов? А та женщина? Неужели то была Симамото?

Я строил разные версии, пытаясь разгадать эту головоломку без решений. Выдумывал очередную гипотезу только затем, чтобы не оставить от нее камня на камне. Они были любовниками и, видно, приняли меня за частного детектива, которого ее муж нанял следить за ними. Вот, пожалуй, самое вероятное объяснение. И тип этот думал меня купить, заткнуть рот деньгами. Или им показалось, что я заметил, как они выходили из гостиницы после тайного свидания, и потащился за ними. Очень даже может быть. Однако где-то в глубине души, под кожей, меня эта версия не убеждала. Оставалось слишком много вопросов.

Что он имел в виду, когда грозил со мной разобраться? Почему он так странно сжал мне руку? Почему незнакомка, зная, что я иду за ней, не села в такси — ведь так она бы сразу избавилась от слежки? С чего этот мужик просто так, не проверив, кто я, стал пихать мне конверт с такими деньгами (а сто тысяч иен, что ни говори, деньги немалые)?

Я так и не решил эту загадку, хотя чуть голову не сломал. Иногда мне кажется, что случай тот — плод моего воображения, только и всего. Что я все это придумал — от начала до конца. Или мне приснился длинный, очень похожий на явь, сон, который смешался у меня в голове с реальностью. Но ведь это было! Действительно было! В моем столе лежит белый конверт, а в нем доказательство, что все произошло на самом деле, — десять купюр по десять тысяч. *Это было!* Время от времени я достаю конверт, кладу на стол и долго смотрю на него. *Это действительно было!*

7

В тридцать лет я женился. Мы познакомились летом — я взял тогда отпуск и решил отправиться куда-нибудь один, подальше от городского шума. Жена — моложе меня на пять лет. Я шел по дороге через какую-то деревню, как вдруг полил дождь, настоящий ливень. Заскочив под первый попавшийся навес, я обнаружил там двух девушек — одна стала потом моей женой, другая была ее подружкой. Мы все промокли до нитки, а вскоре уже болтали, как старые друзья, пока дождь не кончился. Не прохудись небо в тот день или возьми я с собой зонтик (я как раз думал прихватить его на прогулку, когда выходил из гостиницы) — мы бы никогда не встретились. Наверное, я так и корпел бы в своей конторе над учебниками, а вечера просиживал дома с бутылкой, прислонившись к стенке и разговаривая сам с собой. Вот уж действительно жизнь оставила мне небогатый выбор.

Нас с Юкико (так звали мою будущую жену) сразу потянуло друг к другу. Ее подружка была куда симпатичнее, но я положил глаз именно на Юкико. Между нами возникло какое-то необъяснимое притяжение — я уже давно не испытывал ничего подобного. Оказалось, она живет в Токио, как и я, и, вернувшись домой, мы стали встречаться. Чем дальше, тем больше Юкико мне нравилась. Вроде самая обыкновенная девушка, во всяком случае, парни за такими табунами не бегают, но было в ней нечто особенное, и это имело значение только для меня одного. Мне нравилось ее лицо. Каждый раз я долго смотрел на Юкико и все сильнее в это лицо влюблялся.

— Что ты так смотришь? — спрашивала она.

— Ты красивая, — отвечал я.

— Ты первый мне такое говоришь.

— Потому что знаю. Никто больше не знает, а я знаю.

Поначалу она никак не хотела мне верить, но скоро поняла, что я не вру.

Встретившись, мы выбирали укромное местечко, чтобы наговориться вдоволь. Юкико можно было рассказывать все, ничего не скрывая. С нею груз пережитых за последние десять с лишним лет потерь тяжко опускался на плечи — годы прожиты зря, потрачены впустую. Впрочем, еще не все потеряно, надо вернуть хоть что-нибудь, пока не поздно. И у меня в груди просыпалась давно забытая дрожь. Расставаясь с Юкико, я понимал: я покинут и никому не нужен. Я впадал в тоску. Страдал от одиночества, бесился, что не с кем словом перемолвиться. Через три месяца после нашего знакомства я сделал ей предложение. За неделю до дня рождения, когда мне стукнуло тридцать.

Отец Юкико возглавлял немаленькую строительную компанию. Интересный был человек — почти без образования, а в работе — настоящий зверь, да еще со своей философией. Мне он казался слишком крутым, зато видел все насквозь. Потрясающий дядька! Я таких раньше не встречал. Разъезжал на «мерседесе» с персональным шофером, однако нос не задирал. Когда я пришел к нему и объявил, что хочу жениться на его дочери, он сказал просто:

— Вы уже не дети. Любите друг друга — женитесь.

И все. Кто я был для него? Ничтожный клерк в никому не известной мелкой фирмешке. Но, судя по всему, это его особенно не волновало.

У Юкико были старший брат и младшая сестра. Брат занимал должность вице-президента в компании отца и со временем должен был принять у него дела. Парень он был неплохой, но по сравнению с отцом, конечно, жидковат. Из троих детей самой деловой оказалась младшая дочь — студентка. Вот уж у кого получалось людьми командовать! Лучше брата могла бы руководить отцовской фирмой.

Через полгода после свадьбы отец Юкико пригласил меня к себе и поинтересовался, не собираюсь ли я уходить с работы: он узнал от дочери, что сидеть в издательстве над учебниками мне опротивело.

— Уйти-то не проблема, — ответил я. — А что дальше делать?

— Почему бы тебе не перейти в нашу фирму? Работа, правда, тяжелая, зато хорошие деньги будут.

— Учебники редактировать — это явно не по мне, что правда то правда, только мне кажется, что и строительство тоже не для меня, — признался я. — Очень благодарен вам за предложение, но если я возьмусь не за свое дело, боюсь, ничего хорошего из этого не выйдет.

— Может, ты и прав. Зачем лезть куда-то, если душа не лежит, — заметил отец Юкико. Мне показалось, что другого ответа он от меня и не ждал. После этого разговора мы немного выпили. Его сын к спиртному почти не притрагивался, поэтому иногда мы с тестем позволяли себе пропустить по стаканчику. — Кстати, мы тут кое-что строим на Аояма. Одно здание. Принадлежит нашей фирме. Через месяц должны закончить. Место замечательное, да и сам объект весьма неплохой. Правда, стоит немного в глубине, но район только начинает развиваться. Я вот что думаю: почему бы тебе не открыть там что-нибудь, торговую точку. Аренду и другие расходы, правда, придется по рыночным ставкам платить, по полной то есть, — дом все-таки собственность фирмы, но если тебя заинтересует это дело, могу одолжить сколько надо.

Я попросил его дать мне время немного подумать. Неплохой разговор получился.

В конце концов, я открыл в этом здании, в подвальном этаже, классный бар с джазовой музыкой. Студентом я одно время подрабатывал в таком заведении и потому неплохо разбирался, как там все устроено — какие напитки и еду надо подавать, на каких клиентов ориентироваться, какая должна быть музыка, какой интерьер. Поэтому общая концепция, так сказать, в голове уже была. Внутренним оформлением занялся отец Юкико — нанял лучших специалистов по дизайну и интерьеру, и они сделали все по высшему разряду и взяли довольно умеренно. Получилось просто замечательно.

Дела пошли успешно — сверх всяких ожиданий, — и через два года я открыл еще одно заведение. Тоже на Аояма, но попросторнее, пригласил туда джазовое трио с пианистом. Потратил уйму времени, не пожалел денег, зато местечко получилось что надо и быстро стало популярным. Можно было перевести дух. Выпавший мне шанс я так или иначе использовал. Тогда же у нас родился первый ребенок, девочка. Вначале я нередко сам становился за стойку, смешивал коктейли, но когда баров стало два, времени на это уже не оставалось. Надо было следить за разросшимся хозяйством — договариваться с поставщиками, нанимать работников, вести бухгалтерию, в общем, заботиться о том, чтобы все шло как надо. Как только в голове появлялась какая-то идея, я тут же воплощал ее в жизнь. Даже меню сам придумывал. К моему удивлению, мне это нравилось. Нравилось начинать с нуля и постепенно совершенствовать созданное своей головой, своими руками. Это было мое дело, мой собственный мир. Разве можно было надеяться на такую радость, сидя в издательстве за учебниками?

Весь день я занимался разными делами, а вечера проводил в своих барах — проверял, как смешивают коктейли, как себя чувствуют посетители, присматривал за персоналом, просто слушал музыку. Каждый месяц я возвращал тестю часть долга, и все равно денег оставалось порядочно. Мы приобрели на Аояма четырехкомнатную квартиру, «БМВ» модели 320. Родили еще одного ребенка, снова девочку. Так я стал отцом двоих дочерей.

В тридать шесть я купил небольшой домик в Хаконэ[1], а Юкико — красный «джип-чероки» для выездов с детьми и по магазинам. Бары приносили такой доход, что запросто можно было открыть и третий, но это не входило в мои планы. Начнешь расширяться — за всем не уследишь, только вымотаешься. Отдавать все свое время работе я не собирался, поэтому решил поговорить с тестем, который посоветовал вложить лишние деньги в акции и недвижимость. Для этого не нужно особых усилий и времени. Беда в том, что я в этом совершенно не разбирался, и сознался тестю немедленно. Тот обещал взять техническую сторону на себя.

— Делай, как я скажу, и все будет в порядке. В таких делах есть специальные приемы. Надежная методика.

---

[1] Дорогой живописный курорт, расположенный недалеко от Токио, в районе горы Фудзи.

Я послушался его совета и вложил деньги. Прошло совсем немного времени, и у меня в кармане оказалась кругленькая сумма.

— Ну как? — сказал после этого тесть. — В любом деле свои приемы. Можно сто лет в какой-нибудь фирме работать, а толку не будет. Само собой, везение нужно и мозги. Но этого недостаточно. Плюс капитал. Если денег мало — ничего не получится. Еще важнее — знать эти самые приемы. Без этого, даже если все остальное есть, дело не пойдет.

— Понял. — Я знал, что имеет в виду тесть. Приемы, о которых он говорил, — его система. Изобретенная им сложная и надежная система вложения денег и получения высоких доходов благодаря многочисленным связям. Он умело проводил свои корабли мимо подводных камней, пуская их в обход законов и налогов. Деньги в его руках изменяли вид и форму и неудержимо росли.

Могу сказать наверняка: если бы не тесть, я бы до сих пор редактировал учебники. Жил в скромной квартирке в Ниси-Огикубо[1], ездил на «тойоте-короне» с еле дышащим кондиционером. Нет, что ни говори, а свой шанс я использовал совсем неплохо. Быстро открыл два бара, поставил там дело, у меня работает больше тридцати человек. Доходы — о таких я и не мечтал. Все идет прекрасно, даже мой бухгалтер удивляется. Репутация у баров замечательная. Хотя на свете сколько угодно таких же ловких и оборотистых, способных добиться того же, что и я. Не будь тестя с его капиталами и «особыми приемчиками», что бы я смог один? От таких мыслей портилось настроение, начинало казаться, будто я добился всего нечестно, пробирался к цели кратчайшим путем,

[1]   Удаленный от центра жилой район Токио.

в обход других. Мое поколение в конце 60-х — начале 70-х годов подняло волну студенческих выступлений. Кому-то нравится, кому-то — нет, но это так. В общем, то был громкий протест против логики капитализма — более изощренной, замысловатой, отшлифованной. Той логики, что сжирала идеалы послевоенного времени. По крайней мере, в моем понимании это выглядело именно так. Словно сильнейшая лихорадка охватила страну в переломный момент. Но мир, в котором я живу сейчас, уже построен именно на этой *более изощренной капиталистической логике.* Незаметно он поглотил меня с головой, и вот, стоя перед светофором на Аояма-дори, за рулем своего «БМВ», слушая голоса «Зимнего пути» Шуберта, я вдруг подумал: «А ведь я живу какой-то чужой жизнью. Будто кто-то приготовил все для меня, саму жизнь приготовил. Много ли во мне от меня самого? Где граница, до которой я — это я, а за ней — уже не я? Руки на руле... На сколько процентов это мои руки? И все, что меня окружает... до какой степени оно реально?» Чем больше я думал об этом, тем меньше понимал, что к чему.

Но в целом жаловаться на жизнь было грешно. Жену я любил. Юкико... Тихая, рассудительная. После родов она немножко располнела и всерьез увлеклась разными диетами, полюбила прогулки. Для меня же она оставалась такой же милой, как прежде. Нам было хорошо вместе, я был доволен, деля с нею постель. В Юкико что-то меня умиротворяло. И, конечно, я ни за что бы не вернулся к тому унылому, одинокому существованию, которым был отмечен третий десяток лет моей жизни. Нет, мое место здесь, где меня любят, мною дорожат. Где я люблю и берегу жену и дочерей. Все это было для меня внове — как неожиданное открытие.

Каждое утро я отвозил старшую дочь в частный детский сад, по дороге мы распевали с ней в машине детские песенки под аккомпанемент стереомагнитолы. Потом возвращался домой, чтобы поиграть с младшей, а затем отправлялся в свой маленький офис, который снимал по соседству. Летом на уикэнд мы выбирались в Хаконэ, на дачу. Ходили смотреть фейерверк, катались по озеру на лодке, гуляли по холмам.

Пока жена была беременна, я несколько раз позволил себе... Так, ничего серьезного, мимолетные увлечения. Вообще-то, я ни с кем не спал больше одного раза. Или двух. Ну, максимум, трех. Сказать по правде, у меня и в мыслях не было, что это тянет на супружескую измену. Просто появлялось желание переспать с кем-нибудь, и моим партнершам, наверное, хотелось того же самого. Заходить слишком далеко я не собирался и потому выбирал их очень тщательно. Скорее всего, в постели с ними я хотел что-то проверить, в чем-то убедиться. Пытался найти что-то в этих женщинах и заодно понять, что они находят во мне.

* * *

Вскоре после рождения первой дочери я получил открытку: пришла к родителям, а они переслали ее мне. Извещение о похоронах. Умерла какая-то женщина — в открытке называлось ее имя, умерла в тридцать шесть лет. Я понятия не имел, кто это. Судя по штемпелю, открытку бросили в ящик в Нагое, а у меня там никого не было, ни одной знакомой души. Но подумав немного, я, в конце концов, сообразил: да ведь это двоюродная сестра Идзуми! Та самая, из Киото. Ее имя совсем вылетело у меня из головы. Оказалось, в Нагое живут ее родители.

Нетрудно было догадаться, что открытку прислала Идзуми. Кроме нее некому. Но зачем? Поначалу я никак не мог понять, но, разглядывая открытку, вдруг почувствовал от этого клочка картона леденящий холод. Идзуми ничего не забыла и ничего не простила. И хотела, чтобы я это знал. Потому и открытку послала. А ведь она несчастлива, почему-то подумал я. Будь с ней все в порядке, разве она сделала бы такое? А уж раз решила мне сообщить, черкнула бы, наверное, пару слов, объяснила, что к чему.

Я стал вспоминать сестру Идзуми. Вообразил ее комнату, ее обнаженное тело, охвативший нас тогда любовный угар. Однако эти мысленные картины уже потеряли былую четкость, они расплывались и таяли, словно дымок в порывах ветра. От чего она умерла? В тридцать шесть лет просто так не умирают. Фамилия у нее осталась та же. Значит, замуж так и не вышла, а, может, развелась.

Новости об Идзуми я узнал от одного своего однокашника, который увидел мою фотографию в «Брутусе»[1]. Там напечатали «Путеводитель по токийским барам», и однокашник понял, что я держу два бара на Аояма. Сидел я как-то в одной из своих точек за стойкой и вдруг услышал:

— Здорово, старина! Сколько лет, сколько зим! Ну как ты?

Не думаю, что он специально явился на меня поглядеть. Просто заглянул человек с приятелями выпить, случайно меня заметил и решил окликнуть.

— Ты смотри! Уж который раз сюда захожу. Работаю тут рядом. Правду говорят: тесен мир, — сказал он.

---

[1] Еженедельный развлекательный журнал.

Если я держался в классе как-то на отшибе, то он в школе был типичным активистом — учился хорошо, занимался спортом. Спокойный, в чужие дела никогда не лез. В общем, нормальный симпатичный парень. Играл в школьной футбольной команде и уже в то время был здоровяком, а сейчас растолстел — отрастил двойной подбородок, и пиджак его темно-синего костюма-тройки явно был ему тесноват.

— Во всем работа виновата, — пожаловался он. — Часто приходится клиентов угощать. Торговая фирма, что поделаешь. Рабочий день кончается, но все равно тащишься с кем-нибудь в кабак, да еще в любое время могут взять и засунуть в какую-нибудь дыру. Называется «перевод по службе». Стоит чуть проколоться — запросто можно под зад получить. Хорошо работаешь — жди, значит, еще что-нибудь подбросят. Работенка не позавидуешь.

Оказалось, его фирма находится тут же, в первом квартале Аояма, и до моего бара можно дойти пешком.

Мы разговорились. О чем говорят одноклассники, которые не виделись восемнадцать лет? Как работа, как семья, как дети, кто кого из знакомых видел. Тут-то он и назвал имя Идзуми.

— Помнишь девчонку, с которой ты тогда ходил? Вас водой было не разлить. Как ее звали-то? Охара...

— Охара Идзуми.

— Вот-вот, — сказал он. — Идзуми Охара. Я недавно ее видел.

— Где? В Токио? — удивился я.

— Да нет. В Тоёхаси.

— В Тоёхаси? Это где? В префектуре Айти?

— Точно.

— Что-то я не пойму. Как вы могли встретиться в Тоёхаси? Что она там делает?

Похоже, он уловил в моем голосе жесткие нотки:

— Понятия не имею. Но я ее там видел. Собственно, и сказать-то особенно нечего. Может, это и не она была.

Он попросил у бармена еще стаканчик «Дикой индейки» со льдом. Я потягивал коктейль «буравчик».

— Как это нечего? Нет, давай рассказывай.

— Чего рассказывать-то? — озадаченно проговорил одноклассник. — Знаешь, иногда бывает, не поймешь — было что или не было. Странное такое чувство. Кажется, видишь сон, а вроде все как наяву. Будто на самом деле происходит, но почему-то какое-то ненастоящее. Даже не знаю, как объяснить.

— Но ты на самом деле ее видел?

— Видел, — сказал он.

— Тогда рассказывай.

Он с обреченным видом кивнул и приложился к стакану с «Дикой индейкой», который перед ним поставил бармен.

— В Тоёхаси моя младшая сестра живет. Меня послали в командировку в Нагою. В пятницу я покончил с делами и решил заглянуть к ней на денек, переночевать. Там и наткнулся на Идзуми. Подхожу к дому, где живет сестра, захожу в лифт, а там — она. Надо же, как на Идзуми Охару похожа, подумал я. Да нет, откуда ей тут взяться? Как она могла оказаться в Тоёхаси, в лифте дома моей сестры? Да и лицо, вроде, — не ее, другое какое-то. Сам не пойму, почему я сразу врубился, что это она. Интуиция, что ли?

— Так это была она или нет?

Он кивнул.

— Оказалось, живет на одном этаже с сестрой. Мы вместе вышли из лифта, и тут выяснилось, что в коридоре нам тоже по пути. За пару дверей до сестриной квартиры она зашла к себе. Меня разбирало любопытство, и я специально посмотрел, что написано на ее двери. «Охара».

— Она внимание на тебя обратила?

Он покачал головой:

— Мы хоть из одного класса, но близко не общались. А потом, я ведь двадцать кило прибавил. Не узнала, наверное.

— Но это правда была Идзуми? Ведь Охара — распространенная фамилия. Может, просто похожа?

— Я тоже так подумал и спросил сестру: «Что это за Охара у вас живет?» Она мне список жильцов показала. Знаешь, в некоторых домах составляют такие списки, чтобы деньги собирать на покраску стен или еще на что-нибудь. Там все жильцы переписаны. Гляжу и, пожалуйста, — написано: Охара Идзуми. Причем «Идзуми» — не иероглифами, а катаканой[1]. Не часто встречаются такие сочетания, когда фамилия — иероглифами, а имя — катаканой.

— Выходит, не замужем?

— Сестра об этом ничего не знает, — сказал он. — Идзуми в их доме считают темной лошадкой. С ней там никто не общается. Говорят: встретишь в коридоре, поздороваешься, а она не отвечает. Звонишь в дверь по какому-нибудь делу — не открывает, хоть и дома. Понятное дело, соседи ее не любят.

— Ну, значит это не она, — рассмеялся я, качая головой. — Идзуми совсем не такая. Она приветливая, всегда улыбалась.

— Ладно. Не она, так не она. Значит, имя и фамилия одинаковые. Давай о чем-нибудь другом. Сменим тему.

[1] Элемент японской письменности — азбука, с помощью которой записываются некоторые имена и слова.

— А эта Идзуми Охара одна живет?

— Похоже на то. Никто не видел, чтобы к ней мужики ходили. На что она живет, одному богу известно. Тайна, покрытая мраком.

— Ну а ты что думаешь?

— О чем?

— О ней. Об этой Идзуми Охара, которая то ли однофамилица, то ли нет. Вот увидел ее и что подумал? Как хоть она выглядит?

Мой одноклассник подумал и сказал:

— Да нормально выглядит.

— Нормально — это как?

Он повертел в руках стакан с виски, нарушив спокойствие кубиков льда.

— Ну, конечно, постарела немного. Куда денешься? Тридцать шесть. Как и нам с тобой. Обмен веществ замедляется, вес прибавляется. Не школа ведь уже.

— Это понятно, — отозвался я.

— Давай бросим этот разговор, а? Обознался я, скорее всего. Это вовсе не она была.

Я вздохнул и, положив руки на стойку, посмотрел на него.

— Слушай! Я хочу знать. Мне это нужно. Перед самым окончанием школы мы с Идзуми расстались. Страшно некрасиво все вышло. Я сделал подлость, обидел ее... С тех пор ничего о ней не слышал. Понятия не имел, где она, чем занимается. Это для меня как заноза в груди. Поэтому я хочу, чтобы ты рассказал все, как было, не приукрашивая. Так это была Идзуми?

Он кивнул:

— Ну, раз такие дела... Она. Можешь не сомневаться. Хотя, может, и зря я тебе это говорю.

— Как она? Только честно.

— Хочу, чтобы ты понял одну вещь, — сказал он после короткой паузы. — Мы же из одного класса, и я все время думал, что она — очень привлекательная девчонка. Классная. И характер, и вообще... внешность. Не красавица, но очень обаятельная. От таких сердце начинает биться чаще. Правильно?

Я тряхнул головой в знак согласия.

— Значит, хочешь честно?

— Ну говори же.

— Боюсь, тебе это не очень понравится...

— Не имеет значения. Я хочу знать правду.

Он снова хлебнул виски.

— Я тебе завидовал. Завидовал, что ты всегда с ней. Хотелось, чтобы у меня была такая девчонка. Что уж теперь скрывать. Ее лицо всегда у меня перед глазами. Намертво в памяти отпечаталось. Поэтому когда мы столкнулись в лифте, я сразу ее узнал, хоть и восемнадцать лет прошло. То есть я хочу сказать: какой мне смысл гадости про нее говорить? Я в шоке был, когда ее увидел. Поверить не мог. Короче, привлекательной ее больше не назовешь.

Я прикусил губу.

— Что ты имеешь в виду?

— Ее дети боятся. Дети, которые в их доме живут.

— Боятся? — Ничего не понимая, я не сводил с него глаз. Наверное, он неудачно выразился. — Что значит «боятся»?

— Может, хватит на эту тему? С меня достаточно.

— Она что? Говорит что-то детям?

— Она никому ничего не говорит. Я же тебе сказал.

— Чего тогда они боятся? Лица?

— Да.

— У нее что, шрам на лице?

— Никакого шрама.

— Чего ж тогда бояться?

Он залпом допил виски и бесшумно поставил стакан на стойку. Потом перевел взгляд на меня. Видно было, что ему неловко, он явно чувствовал себя не в своей тарелке. Но в выражении его лица было еще что-то. Он вдруг напомнил мне того мальчишку, каким был в школе. Подняв голову, однокашник долго смотрел вдаль, словно провожал глазами бежавший куда-то водный поток, и наконец сказал:

— Не могу толком объяснить, да и не хочу. И не спрашивай меня больше ни о чем. Если бы ты ее увидел, сам бы все понял. А раз не видел — как тут объяснишь?

Я не стал больше ничего говорить. Лишь кивнул и сделал глоток «буравчика». Голос однокашника звучал спокойно, но попробуй я надавить, он просто послал бы меня куда подальше.

Он принялся рассказывать, как работал два года в Бразилии:

— Не поверишь, но в Сан-Пауло я встретил школьного приятеля. Мы с ним в другой школе вместе учились. Он там сидел от «Тойоты», инженером...

Понятное дело, я его почти не слушал. Уходя он похлопал меня по плечу:

— Да, старик. Время людей по-разному меняет. Не знаю, что там между вами произошло, но ты по-любому ни в чем не виноват. Такое почти со всеми случается: у кого серьезно, у кого — не очень. Даже со мной было. Не веришь? Я тоже через это прошел. Тут уж ничего не поделаешь. В конце концов, у каждого своя жизнь, и ты за другого человека отвечать не можешь. Это похоже на жизнь в пустыне — надо просто привыкнуть. Вам в младших классах показывали диснеевский фильм «Живая пустыня»?

— Ну?

— Так у нас все точно так же устроено. Дождь идет — цветы цветут, нет дождя — вянут. Ящерицы жрут жуков, мошек разных, а сами птицам на корм идут. А конец у всех один — все умирают и остается одна оболочка. Исчезает одно поколение, на его место приходит другое. Таков порядок. Все живут по-разному, по-разному и умирают. Но это не имеет значения. После нас остается лишь пустыня. Пустыня и больше ничего.

Когда он ушел, я остался за стойкой один и продолжал пить. Посетители разошлись, бар закрылся, закончилась уборка, и весь персонал разошелся по домам, а я все сидел. Домой идти не хотелось. Я позвонил жене и предупредил, что задержусь в баре по делам. Потом выключил свет и устроился в темноте с бутылкой виски. Пил прямо так, неразбавленным — лед доставать не хотелось.

Всему приходит конец, думал я. Что-то исчезает сразу, без следа, как отрезало, что-то постепенно растворяется в тумане. *Остается лишь пустыня.*

Я вышел из бара перед рассветом. На Аояма сеял мелкий дождик. Свинцовой тяжестью навалилась усталость. Стоявшие рядами, точно могилы на кладбище, дома беззвучно мокли под дождем. Я оставил машину на стоянке у бара и отправился домой пешком. По пути присел на барьер, отделявший дорогу от тротуара, и стал разглядывать здоровенную ворону, каркавшую во все горло с макушки светофора. В четыре утра улица показалась убогой и замызганной. На всем лежал отпечаток запустения и распада. И я был частью этой картины. Тенью, навеки отпечатавшейся на стене.

8

После того как в «Брутусе» написали про меня, да еще и фотографию поместили, ко мне повалили старые знакомые. Одноклассники из разных школ, в которых я учился. Нашествие продолжалось дней десять. Раньше я недоумевал, кто же читает все эти огромные кипы журналов, что громоздятся в каждой книжной лавке или магазине. Но сам попав на страницы такого журнала, понял: этих людей гораздо больше, чем мне казалось. Если посмотреть внимательно, где только их ни увидишь — в парикмахерской, в банке, в кафе, в электричке, да где угодно. Везде сидят, уставившись в эти журналы, словно одержимые. Может, боятся просто так, без дела, время терять — вот и хватают первое, что под руку попадется.

Не сказал бы, что встречи со старыми приятелями доставляли большое удовольствие. Не то что бы мне не хотелось с ними поболтать. Хотелось, конечно. Повидаться с давними друзьями всегда приятно. Да и они были рады меня видеть. Но сказать по правде, все, о чем они говорили, было мне до лампочки. Что стало с нашим городком? Чем занимаются другие наши одноклассники? Мне это было совсем неинтересно. Слишком далеко ушел я и от городка, и от того времени. И потом, о чем бы ни заходила речь, всё волей-неволей напоминало мне об Идзуми. Стоило кому-нибудь сказать что-то о нашем городке, как перед глазами сразу вставала она и ее тихая маленькая квартирка в Тоёхаси. *Привлекательной ее больше не назовешь,* — сказал мой приятель. — *Ее дети боятся.* Эти две фразы никак не выходили у меня из головы. Идзуми так меня и не простила.

Прошло всего ничего, как вышел тот номер «Брутуса», а я уже по-настоящему начал жалеть, что согласился, чтобы про меня написали. Думал тогда рекламу сделать своим заведениям. А вдруг Идзуми эту статью прочтет? Вот уж чего бы мне не хотелось. Каково ей узнать, что я живу и радуюсь? И ничуть не мучаюсь от того, что произошло между нами?

Но через месяц очередь желающих на меня поглядеть иссякла. Замечательная штука эти журналы! Могут человека в один миг прославить, а потом бац! — и все о тебе забыли. Я с облегчением вздохнул. Хорошо хоть Идзуми сюда не заявилась. Видно, она не читает «Брутус».

А еще через полмесяца, когда о той статье почти никто уже не вспоминал, появился последний из череды моих знакомых. Симамото.

* * *

Дело было вечером, в первый понедельник ноября. Она устроилась за стойкой в моем джаз-клубе (я назвал его «Гнездо малиновки» — в честь полюбившейся мне старой мелодии) и не спеша потягивала дайкири. Я сидел тут же — нас отделяли всего три табурета, и мне в голову не приходило, что это Симамото. Я лишь с удовольствием отметил про себя, что в клуб вошла женщина, очень красивая. И все. Раньше она сюда не заглядывала, иначе я бы обязательно ее запомнил. Настолько привлекательной мне она показалась. Наверное, ждет кого-то, мелькнуло в голове. Не подумайте, что к нам женщины-одиночки не ходили. Всякие бывали, в том числе и такие, что сидели и ждали: вдруг кто-нибудь из мужчин с ними заговорит. Надеялись. Таких по виду легко отличить. Но поверьте моему опыту: *по-настоящему* красивые женщины в питейные заведения одни не ходят. Им заигрывания мужиков не в радость, а в тягость.

Поэтому я не обращал на посетительницу особого внимания. Лишь мельком взглянул, когда она вошла, да время от времени посматривал в ее сторону. Лицо почти без косметики, одета хорошо, дорого — голубое шелковое платье, поверх него кашемировая кофта бледно-бежевого цвета. Легкая, как луковая шелуха. На стойке бара сумочка того же оттенка, что и платье. Возраст? Не знаю. Возраст в самый раз.

Она была поразительно красива, но не той красотой, что бывает у киноактрис или фотомоделей, часто посещавших джаз-клуб. Те всегда ощущали себя на виду, их окружал туманный ореол эдакой особости. Эта женщина была совсем другая. Совершенно освоилась с тем, что ее окружало, и чувствовала себя непринужденно. Облокотясь о стойку и подперев рукой щеку, слушала наше трио, пила маленькими глотками свой коктейль с таким видом, будто смаковала какую-то отточенную музыкальную фразу. И нет-нет да поглядывала на меня. Я ловил на себе эти взгляды, кожей чувствовал, хотя подумать не мог, что они предназначены именно мне.

Как обычно, я был в костюме с галстуком. Галстук от Армани, костюм от Лючано Сопрани, рубашка тоже от Армани. Туфли от Россетти. Вообще-то к одежде я безразличен. У меня правило: глупо тратить на тряпки больше, чем нужно. Обычно хватает джинсов и свитера.

6*

Но в бизнесе я имею свою маленькую философию: управляющий должен одеваться так, какими ему хотелось бы видеть клиентов своего заведения. Так и у посетителей, и у персонала вроде настроение поднимается, возникает своего рода внутреннее напряжение. Вот почему я всегда являлся в свои бары в дорогом костюме и обязательно при галстуке.

В тот вечер я поглядывал, как бармен готовит коктейли, следил, нет ли проблем у гостей, и слушал джазовое трио. Поначалу посетителей было довольно много, но в десятом часу полил дождь, и народ стал быстро рассасываться. К десяти оставались занятыми лишь несколько столиков. А женщина все не уходила. Сидела на том же месте за стойкой наедине с дайкири и молчала. Это меня заинтриговало. Значит, она никого не ждет? Выходит, так. Ведь за все время она ни разу не взглянула на часы, да и на вход тоже не смотрела.

Наконец, она взяла сумочку и поднялась с табурета. На часах уже было почти одиннадцать. Самое время закругляться, если хочешь успеть домой на метро. Но, как оказалось, уходить она не собиралась. Не спеша, с безразличным видом, подошла ко мне, присела на соседний табурет. Я уловил тонкий аромат ее духов. Устроившись поудобнее, она извлекла из сумочки пачку «Сэлем», сунула в рот сигарету. Я рассеянно следил краешком глаза за ее движениями.

— Замечательное место, — проговорила она, обращаясь ко мне.

Я поднял глаза от лежавшей передо мной книжки и с недоумением взглянул на нее. И тут меня будто что-то ударило. Воздух в груди вдруг стал необыкновенно тяжелым. «Вот он, магнетизм», — подумал я. *Неужели тот самый магнетизм?*

— Спасибо, — ответил я. Похоже, ей было известно, кто в этом заведении хозяин. — Рад, что вам понравилось.

— Да-да. Очень понравилось. — Она смотрела мне в глаза и улыбалась. У нее была изумительная улыбка — губы раздвинулись, в уголках глаз собрались маленькие очаровательные морщинки. Что-то мне эта улыбка напомнила. Но что?

— И музыка замечательная. — Она показала на музыкантов. — Прикурить можно?

У меня не было ни спичек, ни зажигалки. Окликнув бармена, я попросил нашу фирменную картонку-раскладушку спичек. Зажег одну и поднес к сигарете.

— Благодарю.

Я посмотрел прямо ей в лицо. И наконец понял. Вот это да!

— Симамото! — прохрипел я.

— Долго же ты вспоминал, — помолчав немного, усмехнулась она. — Уж думала не узнаешь.

Я безмолвно глазел на нее, будто передо мной была какая-то уникальная точная машина, о которой раньше мне приходилось только слышать. И правда Симамото! Как это может быть? Ведь я столько о ней думал и уже не надеялся, что мы еще когда-нибудь встретимся.

— Костюм у тебя что надо, — сказала она. — Очень тебе идет.

Я ничего не мог сказать — слова застряли в горле — и только кивнул в ответ.

— Хадзимэ, ты такой симпатичный теперь. Лучше, чем раньше. Крепкий, солидный мужчина.

— Это из-за плавания, — выдавил я наконец. — Еще в школе начал заниматься и все плаваю.

— Хорошо уметь плавать. Я с детства мечтала.

85

— Да... Любой может научиться. — Как только эти слова слетели с языка, я тут же вспомнил о ее ноге. *Что ты несешь, идиот?* Я растерялся, хотел сказать что-нибудь поумнее, но ничего не придумал. Полез в карман брюк за сигаретами и вспомнил, что бросил курить пять лет назад.

Симамото наблюдала за моей суетой, ничего не говоря. Потом подняла руку, подзывая бармена, и с улыбкой заказала еще дайкири. Она всегда улыбалась, когда кого-то о чем-нибудь просила. Улыбалась так приветливо, что хотелось взять и унести ее улыбку с собой. Будь на ее месте какая-нибудь другая особа, боюсь, от ее улыбочек мне бы стало тошно. Но когда улыбалась Симамото, казалось, весь мир улыбается вместе с ней.

— А ты все так же любишь голубой цвет, — проговорил я.

— Да. Голубой — мой любимый. Хорошая у тебя память.

— Я почти все про тебя помню. Помню, как карандаши точишь, сколько сахару в чай кладешь.

— Ну и сколько?

— Два куска.

Она чуть прищурилась и посмотрела на меня.

— Скажи, Хадзимэ, зачем ты тогда следил за мной? Восемь лет назад.

— Я точно не знал, ты это или нет, — вздохнул я. — Походка — точно как у тебя. И в то же время что-то не твое, чужое. Я сомневался, вот и стал за тобой следить. Хотя нет, «следить» — не то слово. Думал, как бы улучить момент и заговорить.

— Что ж не заговорил? Почему прямо не подошел и не убедился? Так быстрее вышло бы.

— Не знаю, — ответил я. — Что-то меня удержало. Да я бы и сказать ничего не смог.

— Я тоже не сообразила, что это ты, — сказала Симамото, покусывая губы. — Подумала: надо же, какой-то тип увязался. Испугалась. Правда. Мне стало очень страшно. И только когда села в такси и перевела дух, меня вдруг осенило: «А вдруг это Хадзимэ?»

— Симамото-сан, я в тот день кое-что получил... Не знаю, какие у тебя отношения с тем человеком, но...

Она приложила к губам указательный палец и слегка покачала головой, будто хотела сказать: *«Не будем об этом, хорошо? Никогда больше не спрашивай».*

— Ты женат? — решила сменить тему Симамото.

— Двое детей. Девочки. Маленькие еще.

— Здорово. Ты, наверное, прекрасно смотришься вместе с дочками. Мне так кажется. Почему? Даже не знаю. Это не объяснишь.

— Интересно.

— Просто мне так кажется, — улыбнулась Симамото. — Зато в семье не один ребенок.

— Я не нарочно. Как-то само собой получилось.

— Ну и как ощущения? Все-таки две дочки...

— Странно как-то. У старшей в детском саду больше половины детей -- одиночки, ни братьев, ни сестер. Не то, что в наше время, в детстве. В городах сейчас почти у всех по одному ребенку.

— Мы с тобой слишком рано родились.

— Наверное, — сказал я и рассмеялся. — А теперь остальное человечество нас догоняет. Дома дочки все время вместе играют. Смотрю и удивляюсь. Они совсем иначе растут. Маленький я всегда играл один и думал, все дети так играют.

Трио закончило «Корковадо», посетители захлопали. Ближе к ночи музыканты играли как-то душевнее, отдавали больше тепла. В перерывах пианист потягивал из стакана красное вино, басист курил.

Симамото пригубила коктейль и заговорила:

— Знаешь, по правде сказать, я сильно сомневалась, стоит ли мне сюда идти. Почти месяц колебалась, мучилась. Листала какой-то журнал, вижу — про тебя написано. Оказывается, у тебя бар в этом районе. Сначала я подумала, что в журнале что-то перепутали. Не могла представить тебя за таким занятием. Не твой профиль. Но имя было твое, фотография — тоже твоя. Выходит, и вправду ты. Очень рада была снова тебя увидеть, хоть и на фото. Но стоит ли нам встречаться, я не знала. Мне казалось, это ни к чему. Может, так было бы лучше нам обоим. Довольно с меня и того, что ты жив-здоров.

Я слушал ее молча.

— И все-таки раз уж ты отыскался, я решила сюда заглянуть. Пришла, села и тут же тебя увидела. Сижу и думаю: если он меня не узнает, уйду потихоньку и все. И вот не вытерпела. Все же столько не виделись, надо подойти поздороваться.

— Но почему? — спросил я. — Я имею в виду, почему ты решила, что нам лучше не встречаться?

Симамото задумчиво провела пальцем по краешку стакана.

— Подумала, что ты начнешь меня об всем расспрашивать. Замужем ли я, где живу, чем эти годы занималась. Ведь так?

— Но это же естественно...

— Да-да. Естественно.

— Тебе не очень хочется об этом говорить, да?

Она растерянно улыбнулась и кивнула. Казалось, у нее тысяча разных улыбок.

— Ты прав. Не хочется. А почему — не спрашивай.

Не хочу о себе рассказывать. Странно это, конечно. Можно подумать, я нарочно тумана напускаю, изображаю из себя что-то. Поэтому и сомневалась, нужно ли нам встречаться. Боялась показаться надутой, неестественной. Вот из-за чего не хотела сюда идти.

— А еще из-за чего?

— Еще разочароваться боялась.

Я посмотрел на стакан в ее руке. Перевел взгляд на прямые, спадавшие до плеч волосы, тонкие красивые губы. Заглянул в глубокие темные глаза. Из-за складочек над веками лицо казалось глубокомысленным. Они почему-то напомнили прочерченную очень далеко линию горизонта.

— Ты мне в детстве очень нравился, и не хотелось разочароваться при встрече.

— Ты разочарована?

Симамото легко качнула головой:

— Я сидела и наблюдала за тобой. Сначала ты показался чужим — такой большой, в костюме. Но потом пригляделась и поняла: нет, это Хадзимэ, тот самый Хадзимэ, из детства. И знаешь, что интересно? Я заметила, что твои манеры, движения... ничего почти не изменилось. Осталось, как у двенадцатилетнего мальчишки.

— Разве? — Я попробовал выдавить из себя улыбку, но получилось как-то не очень.

— Руки, глаза, привычка барабанить по чему-нибудь кончиками пальцев, упрямо хмурить брови — все как раньше. Ничего в тебе не изменилось, хоть и костюм от Армани надел.

— Не от Армани, — поправил я. — Рубашка и галстук — от Армани, а костюм нет.

Симамото улыбнулась.

— Я давно мечтал увидеть тебя. Встретиться, поговорить. Я так много хотел тебе сказать.

— И я хотела тебя видеть, — сказала она. — Но ты все не приходил. Понимаешь или нет? Я очень тебя ждала, когда вы в другой город переехали. Ну почему ты не приезжал? Знаешь, как мне было грустно? «Все, — думала я. — Завел на новом месте новых друзей и забыл меня совсем».

Симамото вдавила сигарету в пепельницу. Ее ногти, тщательно отполированные, покрытые прозрачным лаком, напомнили мне миниатюрные украшения. Очень изящные и незаслуженно недооцененные.

— Я боялся.

— Боялся? — спросила она. — Чего? Кого? Уж не меня ли?

— Нет, не тебя. Боялся быть отвергнутым. Я же еще мальчишкой был, и до меня не доходило, что ты можешь меня ждать. А вдруг пошлешь меня куда подальше? Вот чего я боялся. Как бы ты не подумала, что я навязываюсь. Так и перестал к вам ходить. Стало казаться: раз уж все так плохо, пусть хоть добрые воспоминания останутся, когда мы дружили, были вместе.

Чуть наклонив голову, Симамото катала на ладони орешек кешью.

— Да, нескладно как-то получилось.

— Это точно, — согласился я.

— Но ведь мы так долго дружили. После тебя у меня больше не было друзей — ни в школе, ни в университете. Я всегда и везде была одна и все время воображала, что ты здесь, рядом, и как это здорово. Или как, на худой конец, мы с тобой переписываемся. Все могло быть совсем иначе. И жить было бы куда легче.

Она немного помолчала и продолжила:

— Не знаю, почему так вышло, но в седьмом классе дела в школе у меня совсем разладились, и я все больше стала замыкаться в себе. Будто замкнутый круг какой-то.

Я кивнул.

— В начальной школе до самого конца никаких проблем не было, а стала старше — все пошло наперекосяк. Жила, как в колодце.

Знакомое чувство. После университета оно почти десять лет меня преследовало, пока я не женился на Юкико. Начинается с чего-то одного — и пошло-поехало, посыпалось карточным домиком. И никак из-под этого обвала не выбраться. Если только кто-нибудь не вытащит.

— Я же хромая. Что нормальный человек сделает без труда, мне не под силу. Увлеклась чтением — жила только книгами, отгородилась от других людей. Стала выделяться на общем фоне, и большинству казалась свихнувшейся спесивой дурой. А может, я и на самом деле в нее превратилась.

— На самом деле, ты сногсшибательно красива, — сказал я.

Симамото опять взяла сигарету. Я поднес спичку.

— Ты правда думаешь, что я красивая?

— Конечно. Тебе, наверное, постоянно об этом говорят?

Она засмеялась:

— Если бы... Я себя красавицей не считаю. Так что большое спасибо за комплимент. Жаль только, что другие женщины меня почему-то недолюбливают. Я столько раз думала: бог с ней, с красотой, стать бы такой, как все... чтобы друзья были...

Наклонившись над стойкой, Симамото легко коснулась моей руки.

— Все-таки хорошо, что ты в порядке, счастлив.

Я не ответил.

— Ведь ты счастлив, правда?

— Не знаю. Во всяком случае, в несчастные и одинокие меня не запишешь, — проговорил я, а затем добавил: — Хотя иногда приходит в голову, что самое счастливое время в моей жизни — это когда мы слушали музыку у тебя в гостиной.

— Знаешь, а те пластинки уцелели. И Нат Кинг Коул, и Бинг Кросби, и Россини, и «Пер Гюнт». Все наши... Все до одной. Когда папа умер, я их забрала на память. Очень их берегу, на них до сих пор ни царапинки. Помнишь, как я над ними тряслась?

— Твой отец умер?

— Уже пять лет. Рак толстой кишки. Ужасная смерть. И ведь ничем раньше не болел.

Я видел ее отца несколько раз. Он казался мне крепким, как дуб, что рос у их дома.

— А как мама? — спросил я.

— В порядке, надо думать.

Что-то в ее голосе настораживало.

— Вы что, не ладите?

Симамото допила дайкири и, поставив стакан на стойку, подозвала бармена и спросила у меня:

— Может, какой-нибудь фирменный коктейль посоветуешь?

— У нас их несколько. Клиентам больше всего нравится «Гнездо малиновки» — по названию заведения. Я сам эту мешанину придумал. Главное — ром и водка. На вкус приятный, пьется легко и в голову здорово бьет.

— Специально такой придумал, чтобы нам, женщинам, головы дурить?

— А для чего ж еще нужны коктейли?

Симамото рассмеялась:

— Ладно, рискнем.

Бармен поставил перед ней коктейль. Она посмотрела стакан на свет, пригубила и на несколько секунд закрыла глаза, чтобы лучше прочувствовать букет.

— Какой тонкий вкус! Ни сладкий, ни горький. Легкий, незамысловатый и в то же время наполненный. У тебя настоящий талант. А я и не знала.

— Да я даже полку собрать не смогу. Масляный фильтр в машине не поменяю. Марку не способен прямо приклеить. Когда по телефону номер набираю, и то путаюсь. Зато придумал несколько рецептов коктейлей. Людям нравится.

Симамото поставила стакан и несколько секунд разглядывала его содержимое. Потом наклонила его, и блики от светильников в потолке неясно задрожали, отражаясь в стекле.

— Мы давно с ней не виделись. Поссорились лет десять назад и с тех пор очень редко встречаемся. В последний раз — на отцовских похоронах.

Музыканты закончили какой-то блюз и заиграли «Несчастных влюбленных». Когда я был в клубе, пианист часто исполнял эту композицию. Знал, что она мне нравится. Не самая известная вещь Эллингтона, да и никаких особых воспоминаний у меня с ней не связано, но почему-то сразу запала в душу, как только я услышал ее впервые. Вечерами — и в студенческие годы, и когда работал в издательстве — я любил слушать эту мелодию с диска Дюка Эллингтона «Такой приятный шум». Сколько раз я ставил эту пластинку! Во «Влюбленных» Джонни Ходжес выдает такое классное, такое трогательное соло. Каждый раз эта томительная красивая мелодия воскрешала в памяти те времена. Счастливыми их не назовешь, вся моя тогдашняя жизнь — комок несбывшихся надежд и желаний. Тогда я был моложе, куда более изголодавшийся, одинокий, но ощущал мир проще и острее. Слушая музыку, вбирал в себя каждый звук, каждую ноту; впитывал каждую строчку прочитанной книги. Нервы — как острые шипы, глаза сверкали, пронзая собеседника насквозь. Вот какое время было. Услышав «Влюбленных», я вспоминал его снова и снова. И видел свои глаза, смотревшие на меня из зеркала.

— Знаешь, — сказал я, — как-то в девятом классе я к тебе ездил. Выть хотелось от одиночества. Сначала позвонил, но трубку никто не взял. Я сел в электричку и поехал. Приехал, а на доме уже другая табличка.

— Как вы уехали, отца через два года перевели в Фудзисаву[1], рядом с Эносимой[2]. Мы там долго жили. Пока я не поступила в университет. Я посылала открытку с новым адресом. Ты не получил?

Я покачал головой:

— Если бы получил, обязательно бы ответил. Странно... Видно какая-то ошибка вышла.

— Или просто мы такие невезучие. Одна ошибка, другая... и разошлись, как в море корабли. Теперь твоя очередь. Рассказывай, как жил.

— Чего рассказывать-то? Интересного мало.

— Ничего-ничего. Я послушаю.

И я принялся излагать — в общих чертах, — как жил все это время. Как познакомился в старших классах с девчонкой и как жестоко с ней в конце поступил. В подробности решил не вдаваться: мол, поссорились из-за чего-то, я ее обидел, а заодно и себя наказал. Как поступил в Токио в университет и корпел в издательстве над

---

[1]   Город в префектуре Канагава, в центральной части острова Хонсю.
[2]   Остров у побережья залива Сагами на тихоокеанском побережье Японии.

школьными учебниками. Пожаловался, как одиноко и тяжко почти десять лет жить без друзей. Про женщин своих все выложил: как не нажил с ними счастья. После школы почти до тридцати лет, пока я не встретил Юкико и не женился, никто мне по-настоящему не нравился. Рассказал, как часто в ту пору вспоминал о ней, мечтал увидеться, хоть на час, поговорить.

Симамото улыбнулась:

— Ты много думал обо мне?

— Да.

— Я тоже. Всегда, когда было плохо. Единственный друг — вот кем ты для меня был.

Она сидела, облокотившись о стойку, уперев подбородок в ладонь. Силы будто покинули ее. Она опустила веки. Я не заметил на ее пальцах ни одного кольца. Ресницы Симамото чуть подрагивали. Наконец она медленно открыла глаза и взглянула на часы. Я тоже посмотрел на свои — время шло к полуночи.

Взяв сумочку, она соскользнула с табурета.

— Желаю тебе спокойной ночи. Рада, что увидела тебя.

Я проводил ее к выходу.

— Я вызову такси? Дождь... машину сразу не поймаешь.

Симамото покачала головой.

— Не надо. Не беспокойся. Я справлюсь.

— Ты все-таки разочарована? — спросил я.

— В тебе?

— Ага.

— Вовсе нет, — улыбнулась она. — Будь спокоен. А костюм — правда не Армани?

Тут я заметил, что Симамото не приволакивает ногу, как раньше. Шла она не быстро и, хотя приглядевшись, в ее походке можно было уловить что-то от заводной куклы, двигалась вполне естественно.

— Четыре года назад операцию сделала, — проговорила Симамото, будто извиняясь. — Все равно, конечно, заметно, но не так уродливо, как было. Жуткая операция, но получилась. Кости скоблили, потом вытягивали...

— Отлично получилось. С ногой теперь полный порядок.

— Ну и слава богу, — сказала она. — Только, наверное, надо было пораньше сделать.

Взяв в гардеробе ее пальто, я помог ей одеться. Рядом со мной она казалась совсем невысокой. Странно, подумал я, в двенадцать лет мы были почти одного роста.

— Мы увидимся еще?

— Может быть, — ответила Симамото. На ее губах мелькнула улыбка, напомнившая легкий дымок, что не спеша поднимается к небу в безветренный день. — Может быть.

Она отворила дверь и вышла. Минут через пять я тоже поднялся по лестнице на улицу — хотел убедиться, поймала она такси или нет. Дождь не прекращался. Симамото исчезла. Ни души вокруг. Только пучки света автомобильных фар тускло расплывались по мокрой мостовой.

«Неужели мне все это привиделось?» — спрашивал я себя, не сводя глаз с повисшей над городом дождевой завесы. Я словно вернулся в детство, снова стал двенадцатилетним мальчишкой, который мог часами просто смотреть на дождь. Смотришь — а в голове пустота, тело потихоньку размягчается, и ты весь словно выпадаешь из реальности. Есть в дожде какая-то особая гипнотическая сила. Во всяком случае, так мне казалось в детстве.

Нет, это было не видение. Вернувшись в клуб, я увидел на стойке стакан Симамото и пепельницу, а в ней — несколько еще дымящихся окурков со следами губной помады. Сел рядом, закрыл глаза. Музыка звучала все тише, и я остался наедине с собой. В сгустившемся мягком мраке бесшумно накрапывал дождь.

9

После этой встречи времени прошло порядочно. Каждый вечер я проводил за стойкой в «Гнезде малиновки». Читал что-нибудь, время от времени косясь на входную дверь. Однако Симамото больше не приходила. Меня начала грызть мысль: не ляпнул ли я тогда что-нибудь не то? Сболтнул лишнего, не иначе, вот она и обиделась. Я прокручивал в голове каждое свое слово, сказанное в тот вечер, вспоминал, что говорила Симамото, но так ни до чего и не додумался. Неужели, я все-таки ее разочаровал? Очень может быть. Такая красавица, больше не хромает. Что особенного могла она во мне найти?

Год неудержимо катился к концу, промелькнуло Рождество, за ним новогодние праздники. Незаметно пролетел январь, и мне стукнуло тридцать семь. Я перестал ждать и лишь изредка наведывался в «Гнездо малиновки». Там все напоминало о Симамото, и приходя туда, я всякий раз начинал озираться по сторонам, надеясь ее увидеть. За стойкой открывал книжку и уходил в свои мысли — ни о чем, просто так. Мысли расползались во все стороны, не давая сосредоточиться.

Она сказала, что я ее единственный друг, что у нее больше никогда таких друзей не было. Ну я, понятное дело, обрадовался, размечтался, что теперь опять будем дружить. Так много хотел ей сказать, узнать, что она думает. «Не хочешь о себе рассказывать? Пожалуйста, не имеет значения. Хватит с меня и того, что я снова тебя увидел, могу с тобой говорить».

Но Симамото все не было. Может, очень занята и никак не выкроит время для встречи? Это за три-то месяца? Предположим, она действительно никак не может ко мне выбраться, но позвонить хотя бы могла! В конце концов я решил, что она просто обо мне забыла. «Кто я для нее? Подумаешь, сокровище!» — хмыкал я, а сердце болело, будто в нем открылась маленькая язва. Не надо было ей такого мне говорить. Есть слова, которые остаются в душе на всю жизнь.

Но вот как-то вечером в начале февраля она появилась. Опять шел дождь — ледяные капли неслышно падали с неба. У меня были какие-то дела в «Гнезде малиновки», и я пришел пораньше. От зонтиков собравшихся в клубе посетителей пахло холодным дождем. В тот вечер с нашим трио выступал довольно известный тенор-саксофонист, и публика бурлила. Я устроился с книжкой у стойки на своем любимом угловом табурете и не заметил, как Симамото тихо присела рядом.

— Добрый вечер! — услышал я.

Отложив книгу, я поднял голову и глазам своим не поверил. Симамото!

— Я думал, ты больше не придешь.

— Извини, — проговорила Симамото. — Сердишься?

— Вовсе нет. На что тут сердиться? В конце концов, это же бар. Люди, когда хотят — приходят, когда хотят — уходят. А мне только остается ждать, когда кто-нибудь придет.

— Все равно извини. Не знаю, как сказать... я не могла.

— Дела?

— Да нет, — тихо сказала она. — Какие там дела. Просто не могла, вот и все.

Ее волосы намокли под дождем, челка растрепалась и прядями прилипла ко лбу. Я попросил официанта принести чистое полотенце.

— Спасибо. — Симамото взяла его и вытерла волосы. Потом вынула из пачки сигарету, прикурила от зажигалки. Ее влажные пальцы мелко дрожали. — Там моросило, я хотела взять такси и вышла в одном плаще. Но пошла пешком... как-то так получилось... и шла-шла...

— Выпьешь чего-нибудь погорячее? — спросил я.

Улыбнувшись, она заглянула мне в глаза.

— Спасибо. Со мной все в порядке.

Увидев эту улыбку, я вмиг забыл о последних трех месяцах, наполненных пустотой.

— Что ты читаешь? — спросила она.

Я показал ей обложку. Исторический очерк о конфликте между Китаем и Вьетнамом, возникшем после вьетнамской войны. Симамото полистала и вернула мне.

— Романы больше не читаешь?

— Читаю. Правда не так много, как раньше. Новых почти не знаю. Предпочитаю старые романы, в основном — девятнадцатый век. Перечитываю, что раньше читал.

— А новые чем тебя не устраивают?

— Разочаровываться не хочу. Дребедень читать — только время зря тратить. Меня от таких книжек воротит. Хотя раньше было не так. Времени навалом, читай сколько хочешь, вдруг что-нибудь да вычитаешь. Сейчас не то. Жалко времени. Старею, наверное.

— Вот-вот. Точно, стареешь. — На лице Симамото мелькнула озорная улыбка.

— А ты читаешь все так же много?

— Всю дорогу. Новое, старое, романы, не романы, ерунду всякую и хорошее. Я не как ты — времени на книжки не жалею.

Она попросила бармена приготовить «Гнездо малиновки». Я повторил заказ:

— Сделай два.

Пригубив коктейль, Симамото чуть заметно кивнула и опустила стакан на стойку.

— Хадзимэ, а почему у вас коктейли такие вкусные? Лучше, чем в других местах.

— Все от старания зависит, — ответил я. — Иначе не получится.

— От старания? Это как же?

— Вот, к примеру, этот парень. — Я показал на молодого симпатичного бармена, который с сосредоточенным видом колол лед. — Я ему очень хорошие деньги плачу. Кому ни скажи — все удивляются. Остальные, кто здесь работает, об этом не знают. За что? Он такие коктейли делает... одно слово — талант. Люди не понимают, а ведь здесь тоже без таланта не обойдешься. Конечно, намешать что-нибудь вкусненькое каждый может, если постарается. А если несколько месяцев поучиться да попрактиковаться на клиентах, можно так руку набить, что не стыдно будет за свою мешанину. Так в большинстве баров дело поставлено. И ничего, народ пьет. Но чтобы добиться большего, особый талант нужен. Как для игры на пианино, для живописи, для бега на стометровку. Вот я коктейли очень неплохо готовлю. Изучал это дело, тренировался. Но все равно — до него мне далеко. Те же самые напитки беру, мешаю, столько же трясу в шейкере, а вкус все равно не тот. В чем причина — непонятно. Талант нужен. Ничем другим не объяснишь. Это как искусство. Вот есть черта. Кто-то способен ее переступить, а кто-то нет. Поэтому талантливых людей беречь надо, от себя не отпускать. Платить им хорошо.

Бармен наш был гомосексуалистом, и у стойки иногда собиралась целая компания геев. Вели они себя тихо, и меня их сборища волновали мало. Нравился мне этот парень. Да и он мне доверял и работал по высшему разряду.

— А вдруг у тебя в бизнесе талант? Да еще больше, чем кажется.

— Чего нет, того нет. Я вообще себя деловым человеком не считаю. У меня два небольших бара, только и всего. Больше не надо, и денег, сверх того, что я имею, тоже не надо. Какой уж тут талант, какие способности? Но ты знаешь, в свободную минуту я начинаю фантазировать. Представляю себя на месте клиента. Воображаю, куда бы мне хотелось зайти выпить и перекусить. Например, неженатый молодой человек до тридцати лет. Куда он пойдет с любимой девушкой? Рисую ситуацию в мельчайших деталях. Сколько денег потратит. Где живет. Когда возвращается домой. Продумываю все варианты. Чем больше думаю, тем отчетливее представляю, как все должно быть устроено.

В тот вечер Симамото была в светло-голубом свитере с высоким воротом и темно-синей юбке. В ушах поблескивали маленькие сережки. Тонкий, плотно облегающий свитер подчеркивал форму ее груди. Мне вдруг стало трудно дышать.

— Ну что же ты? Рассказывай дальше. — На лице Симамото снова появилась улыбка.

— О чем?

— О своем направлении в бизнесе, — сказала она. — Ты бесподобно рассказываешь.

Я почувствовал, как краснею. Давно со мной такого не бывало.

— Да нет у меня никакого направления. Просто я давно к этому привык. С детства что-нибудь выдумываю, воображаю. Рисую в голове картину и начинаю постепенно выписывать детали. Здесь подправить, тут изменить. Что-то вроде моделирования. Я тебе уже рассказывал: после университета долго сидел в издательстве учебной литературы. Еще та была работенка — скукотища смертная. Какое там воображение? Кому оно нужно? От такой работы любое воображение на корню завянет. Тоска, на работу идти неохота, а что делать? Казалось, я задыхаюсь, усыхаю на рабочем месте, и скоро от меня ничего не останется.

Я отхлебнул коктейль и оглядел собравшуюся публику. Кворум неплохой, особенно если учесть, что на улице льет. Саксофонист убирал в футляр свой инструмент. Подозвав официанта, я попросил вручить музыканту бутылку виски и предложить поужинать.

— А здесь все иначе. Без воображения не проживешь. И потом, любую идею тут же можно опробовать в деле. Ни совещаний, ни начальства. Никто не грузит примерами, что и как надо делать, никаких тебе указаний из министерства образования. Ты когда-нибудь в фирме работала?

Она с улыбкой покачала головой.

— Не приходилось.

— Считай, повезло. Для меня это что-то несовместимое. Думаю, для тебя тоже. Я это прекрасно понял за восемь лет, что там проработал. Восемь лет ушло впустую. Причем, лучших. Целых восемь лет выдержал! Но с другой стороны, я вот что думаю: не было бы тех лет — может, и это дело бы не пошло. А оно мне нравится. Два бара. Но иногда начинает казаться, что они тоже — просто фантазия, плод моего воображения. Воздушные замки. Я рассадил в них цветы, соорудил фонтаны. Все устроил по высшему разряду, совсем как в настоящей жизни. Люди сюда приходят, выпивают, слушают музыку, разговаривают, потом уходят. Почему они каждый вечер здесь собираются? Сидят, пьют, столько тратят? Как думаешь? Потому что каждому — одному больше, другому меньше — нужен выдуманный, ирреальный мирок. Они приходят, чтобы посмотреть на красивый, парящий в воздухе замок, найти в нем свой уголок.

Симамото вытащила из крошечной сумочки пачку «Сэлем». Зажигалку достать не успела — я опередил ее, чиркнув спичкой. Мне нравилось, как она прикуривает от моего огонька, щурится, глядя на колеблющийся язычок пламени.

— Хочешь, признаюсь? Я за всю жизнь ни дня не работала, — сказала она.

— Совсем?

— Совсем. Ни временно, ни постоянно. Никак. У меня на работу аллергия. А ты так говоришь о своих делах... я тебе страшно завидую. Со мной никогда не было, чтобы мысли такие в голове... Я всегда одна, сижу и читаю. Единственное занятие. И одна забота — как деньги потратить.

С этими словами Симамото повернулась ко мне и вытянула вперед руки. На правой она носила два тонких золотых браслета, на левой — золотые часы, очень дорогие на вид. Она долго держала руки передо мной, словно демонстрируя образцы выставленного на продажу товара. Я взял ее руку и стал разглядывать браслеты на запястье. Тут же вспомнил, как она тогда схватила меня — мне было двенадцать — и ощущения от того прикосновения. Они все еще жили в памяти, как и лихорадочный стук отозвавшегося сердца.

— Может, и правда лучше думать, как тратить, а не как зарабатывать. — Я выпустил ее руку и мне почудилось, будто меня куда-то уносит. — Когда только и думаешь: как бы заработать, — это работа на износ. Человек мало-помалу, сам того не замечая, теряет себя.

— Все это так, конечно. Но знаешь, ни к чему не способной пустышкой тоже быть несладко.

— Зря ты так. Ты как раз на многое способна.

— На что же, например?

— Я не материальное имею в виду, — ответил я, глядя на свои руки, лежавшие на коленях.

Не выпуская стакана, Симамото пристально посмотрела на меня.

— А что тогда? Чувства? Ощущения?

— Вот-вот. Понимаешь, всему когда-то приходит конец. Вот этот бар... сколько он еще протянет? Никому не известно. Вкусы людей меняются, сдвинется что-нибудь в экономике — раз, и следа не останется. Я таких примеров знаю достаточно. Очень просто. Все материальное имеет конец. А вот некоторые мысли и чувства остаются с нами навсегда.

— А тебе не кажется, Хадзимэ, что от этих мыслей — что остаются — иногда не знаешь, куда деваться? Разве не так?

К нам подошел тенор-саксофонист, сказал спасибо за виски. Я поблагодарил его за игру и вновь обратился к Симамото:

— Джазовые музыканты такие вежливые стали. Когда я в университете учился, все было совсем не так. Все баловались наркотиками, а примерно половина вообще были люди конченые. Зато какую иногда музыку можно было услышать! Все внутри переворачивалось. Я тогда много ходил по джаз-клубам в Синдзюку. Искал места, где можно оттянуться.

— Тебе нравятся такие люди, да, Хадзимэ?

— Пожалуй, — ответил я. — Людей тянет к чему-то особенному. Можно девять раз бить мимо цели, а на десятый испытать такое... выше чего не бывает. Все чего-то хотят, к чему-то стремятся. Вот что движет миром. Может, это и есть настоящее искусство.

Я опять перевел взгляд на свои руки. Потом поднял глаза на Симамото. Она ждала продолжения.

— Впрочем, сейчас другая жизнь. Сейчас у меня свой бизнес и главная забота — как капитал вложить, как получить прибыль. К искусству я отношения не имею, человек не творческий. Меценатом тоже себя не считаю. Нравится или не нравится, но здесь ничего этого не надо. В таком заведении легче иметь дело с вежливой, пристойной публикой, вроде наших музыкантов. Ну а как иначе? На весь мир Чарли Паркеров все равно не напасешься.

Симамото попросила еще один коктейль и снова закурила. Мы надолго замолчали. Казалось, она погрузилась в свои мысли. Басист трио играл тягучее соло «Обними меня». Пианист изредка вставлял в композицию короткие аккорды, а ударник, вытирая пот, отхлебывал из стакана. Ко мне подошел один завсегдатай, мы обменялись несколькими ничего не значащими фразами.

— Хадзимэ! — после долгой паузы сказала Симамото. — Может, ты знаешь какую-нибудь красивую реку? Не широкую и чтобы текла по равнине прямо к морю. Желательно, быструю.

Я в изумлении посмотрел на нее.

— Реку? — переспросил я и подумал: «О чем это она?»

Она сидела, повернувшись ко мне, и ничего больше добавлять не собиралась. Спокойно смотрела прямо на меня, но в то же время взгляд ее, как мне почудилось, был устремлен куда-то вдаль. Что она там видела? Может, я существовал для нее где-то далеко и между нами пролегала пропасть? Такая глубокая, что и представить невозможно. От этих мыслей мне стало грустно. Что-то в ее глазах навевало печаль.

— Зачем тебе река понадобилась?

— Так... вдруг подумалось, — проговорила Симамото. — Знаешь такую реку?

Студентом я любил путешествовать, прихватив с собой спальный мешок. Видел разные реки по всей Японии, но такую, что была нужна Симамото, сразу выудить из памяти не мог.

— Кажется, на побережье Японского моря есть такая река, — сказал я после долгого раздумья. — Не помню, как называется, но точно — в префектуре Исикава. Место я знаю. Она ближе всего к тому, что тебе нужно.

Та река мне запомнилась. Я поехал туда осенью на каникулы, на втором или третьем курсе. Пламенели осенние листья, и сбегавшие к морю горы, казалось, были обрызганы кровью. Красивая река, лес, откуда временами доносился рев оленей. А какая там вкусная рыба...

— Не мог бы ты меня туда отвезти?

— Но это же Исикава, — сдержанно сказал я. — Не Эносима. Туда лететь надо, а потом еще больше часа на машине. За один день вряд ли обернешься, придется заночевать. Я не могу прямо сейчас туда ехать, ты же понимаешь.

Симамото медленно повернулась на табурете и пристально посмотрела мне в глаза.

— Хадзимэ, я понимаю, что не должна тебя об этом просить. Зачем тебе такая забота? Но просить мне больше некого. Я должна туда поехать во что бы то ни стало.

А одна ехать не хочу. К кому мне еще обратиться, кроме тебя?

Я взглянул на Симамото. Ее глаза были, как глубокие омуты, укрывшиеся в тени скал, что защищали их от любых ветров, — неподвижные и абсолютно спокойные. Присмотревшись, я вроде бы начал различать отражения в этой водной глади.

— Прости меня, — она улыбнулась так, словно силы внезапно оставили ее. — Не подумай, что я только за этим сюда пришла. Просто хотелось тебя увидеть, поговорить. А об этом я вовсе не собиралась...

Я быстро посчитал в уме и сказал:

— В принципе, можно вернуться вечером и не так поздно, если вылететь пораньше. Конечно, все зависит от того, сколько ты хочешь там пробыть.

— Думаю, недолго, — сказала Симамото. — Ты, правда, сможешь поехать со мной? На самолете — только туда и обратно?

— Наверное, — ответил я, подумав. — Хотя точно сказать сейчас не могу. Но можно попробовать. Позвони завтра вечером. Я буду здесь. Узнаю к тому времени, как туда добраться. У тебя есть какие-нибудь планы?

— Нет. Я готова в любое время. Главное, чтобы тебе удобно было.

Я кивнул.

— Прости меня за все, — добавила она. — Может, все-таки зря мы с тобой встретились. Со мной вечно беда. Хоть не берись ни за что — обязательно испорчу.

Ближе к одиннадцати Симамото засобиралась. Я пошел ее провожать, поймал такси, держа над ней зонтик. А дождь все не переставал.

— До свидания. Спасибо тебе за все, — сказала она.

— Пока.

Вернувшись в клуб, я сел на то же место за стойкой. Рядом все еще стоял стакан, из которого пила Симамото, в пепельнице лежало несколько ее докуренных сигарет. Я попросил официанта ничего не трогать и долго смотрел на следы бледной губной помады на стакане и окурках.

Жена еще не спала — дожидалась меня. Набросив на пижаму вязаный жакет, смотрела по видео «Лоренса Аравийского». Миновав множество преград, Лоренс все-таки преодолел пустыню и вышел к Суэцкому каналу. Юкико видела этот фильм, по крайней мере, три раза — это я знал точно, но он ей так нравился, что она была готова смотреть его снова и снова. Усевшись рядом, я налил нам вина, и мы досмотрели похождения Лоренса до конца.

Я сказал Юкико, что в воскресенье в клубе, куда я ходил плавать, — совместное мероприятие. Был в клубе один тип — владелец большой яхты. Мы несколько раз выходили на ней в море. Брали с собой выпивку, рыбачили. Вообще-то в феврале для прогулок на яхте еще холодновато, но жена в этом ничего не понимала и потому не стала задавать лишних вопросов. По воскресеньям я отлучался редко, и Юкико, похоже, ничего не имела против того, чтобы я пообщался с людьми другого круга и подышал свежим воздухом.

— Выеду пораньше и вернусь, скорее всего, к восьми. Поужинаю дома, — сказал я.

— Хорошо. В воскресенье как раз ко мне сестра хотела заехать. Пойдем погулять в Синдзюку-гёэн[1], если не будет холодно. Бутерброды возьмем. Соберемся вчетвером, женской компанией.

---

[1]   Парк в Токио.

— Неплохая идея.

На следующий день я позвонил после обеда в тур-агентство и забронировал на воскресенье билеты на са-молет и машину напрокат. В Токио обратный рейс при-бывал в 18:30, так что к ужину я должен был успеть. Потом пошел в бар и стал ждать звонка от Симамото. Она позвонила в десять.

— Я выкроил время. Всех дел все равно не переделаешь. Как насчет воскресенья? — спросил я ее.

Нет проблем, отвечала она.

Я сообщил ей время вылета, объяснил, где буду ждать ее в Ханэде[1].

— Не знаю, как тебя благодарить, — сказала Сима-мото.

Положив трубку, я остался сидеть за стойкой с книж-кой, но гул голосов в баре не давал сосредоточиться. Прошел в туалет, умылся холодной водой и стал рассма-тривать свое лицо в зеркале. «Вот, пожалуйста, соврал Юкико», — сказал я себе. Я и раньше, бывало, говорил ей неправду. Например, когда случалось переспать с кем-нибудь. Хотя при этом у меня не возникало чувст-ва, что я ее обманываю. Ну, развлекся немного, что тут такого. А в этот раз все было иначе. Неправильно. И пусть я не собирался тащить Симамото в постель. Все равно неправильно. Я долго рассматривал свое отраже-ние в зеркале. Давненько не доводилось заглядывать са-мому себе в глаза. Что я за человек? Прочитать в собст-венном взгляде ответ на этот вопрос не удалось. Я оперся руками о раковину и тяжело вздохнул.

---

[1] Один из токийских аэропортов, обслуживающий в основном внутрен-ние рейсы.

10

Река ловко прокладывала себе дорогу между скал, то закручиваясь в маленькие водовороты, то смиряя бег и растекаясь тихими заводями. На поверхности тусклыми бликами играли лучи неяркого солнца. Вниз по течению виднелся старый металлический мост — такой узкий, что по нему едва могла проехать машина. Его темный невозмутимый каркас утопал в тишине, наполнявшей морозный февральский воздух. Мостом пользовались только постояльцы гостиницы — они перебирались по нему к горячему источнику, — обслуживающий персонал, да еще лесники. Мы не встретили на мосту никого, да и перейдя по нему и оглянувшись назад, не заметили ни одного человека. Приехав в гостиницу, мы наскоро пообедали, снова перешли на другой берег и двинулись вдоль реки. На Симамото была теплая куртка. Она подняла воротник повыше и замотала шею шарфом до самого носа. Оделась специально для прогулки в горах — не так, как обычно. Волосы собрала сзади, на ноги надела походные ботинки на толстой подошве, на плече висел зеленый нейлоновый рюкзак. Вид у нее был, как у старшеклассницы. По берегам кое-где оставались пятна еще не сошедшего, слежавшегося снега. На самой верхней балке моста сидели две вороны, смотрели на реку и пронзительно каркали, будто ругались.

Их крики зябким эхом разносились по голому, потерявшему листву лесу, пролетали над рекой, резали слух.

Вдоль берега тянулась узкая немощеная дорожка. Тихая и пустая, она вела неизвестно куда. Никаких признаков жилья вокруг — лишь изредка встречались голые поля. В бороздах еще лежал снег, разлиновавший поля четкими белыми линиями. От ворон было некуда деться. Завидев нас, они поднимали отрывистый крик, точно подавали сигналы сородичам. И не улетали, даже когда мы подходили совсем близко. Я смог разглядеть их острые клювы, напоминавшие какое-то грозное оружие, их яркие лапы.

— Время еще есть? — спросила Симамото. — Пройдем еще немного.

Я взглянул на часы.

— Порядок. Еще час у нас есть.

— Как здесь тихо, — промолвила она, спокойно оглядываясь. Вместе со словами у нее изо рта вырывался и поднимался кверху холодный белый парок.

— Ну как река? Подходит?

Симамото с улыбкой посмотрела на меня.

— Ты, похоже, все мои желания угадываешь.

— И цвет, и фасон, и размер, — пошутил я. — Тебе повезло, что меня с детства интересовали реки.

Она улыбнулась и взяла затянутой в перчатку рукой мою, тоже в перчатке.

— Слава богу. А то я боялся: вдруг мы приедем, а ты скажешь: ну что это за река? Совсем не то! Что тогда?

— Ну что ты? Откуда такая неуверенность? Ты бы не мог ошибиться, — сказала Симамото. — А знаешь, вот мы идем сейчас вдвоем и я думаю: как в детстве — от школы до дома.

— Только ты не хромаешь, как тогда.

112

Она рассмеялась.

— Тебя послушать, ты жалеешь, что я операцию сделала.

— А что? Может быть.

— Ты серьезно?

— Шучу. Я так рад, что она тебе помогла. Просто приятно вспомнить то время.

— Хадзимэ, ты не представляешь, как я тебе благодарна.

— Да ерунда... Съездили на пикник. Только на самолете.

Симамото умолкла и какое-то время шла, просто глядя перед собой, а потом сказала:

— Но ведь тебе пришлось жене солгать?

— М-м-м...

— Тяжело, наверное, было? Ты же не хотел ей врать.

Я молчал, не зная, что ответить. Где-то рядом в лесу опять как оглашенные заорали вороны.

— Зачем-то я в твою жизнь залезла. Я знаю, — тихо произнесла Симамото.

— Это что за разговоры? Давай о чем-нибудь повеселее, раз уж мы сюда приехали.

— О чем же?

— Ты в этом наряде на школьницу похожа.

— Спасибо, — сказала она. — Хорошо бы, если так.

Мы медленно шли вверх по течению. Ничего не говоря, просто шагали вперед и думали только о ходьбе. Мне показалось, что быстро ходить Симамото трудно, зато если мы шли не торопясь, она чувствовала себя вполне уверенно и все же на всякий случай крепко держалась за мою руку. Земля на дорожке смерзлась, и резиновые подошвы наших ботинок ступали по ней почти бесшумно.

Правильно сказала Симамото: если бы можно было идти так вдвоем тогда, в детстве или потом, в двадцать, двадцать пять... Воскресный день, и мы, взявшись за руки, идем берегом реки, и кругом никого... Какое бы это было счастье... Но мы уже не школьники. Я женат, у меня двое детей, работа. Чтобы приехать сюда, пришлось обманывать жену. И скоро надо ехать в аэропорт к самолету, чтобы вернуться в Токио к половине восьмого, и спешить домой, где ждет жена.

Наконец Симамото остановилась и, потирая руки в перчатках, оглянулась по сторонам. Посмотрела вверх по течению, потом вниз. На том берегу, вытянувшись в ряд, поднимались горы, слева тянулась голая, без единого листочка, рощица. Вокруг ни души. И гостиница, где мы останавливались передохнуть, и металлический мост прятались в тени горной гряды. Временами, словно вспоминая о своих обязанностях, из облаков выглядывало солнце. Воронье карканье, говор бегущей реки — и ничто другое не беспокоило слух. Глядя на все это, я вдруг подумал: когда-нибудь и где-нибудь я снова увижу эту картину. Дежа-вю наоборот, если так можно сказать. Не ощущение, будто я уже видел это раньше, а именно предчувствие, что увижу когда-нибудь в будущем. Оно протянуло длинную руку и крепко сдавило мозг. Я чувствовал его хватку, оно стискивало меня своими пальцами. Меня не сегодняшнего, а того, каким я буду через некоторое время. Постаревшего. Но я, конечно, так и не рассмотрел, во что превращусь.

— Ну вот, здесь будет в самый раз, — сказала Симамото.

— Для чего? — поинтересовался я.

Симамото взглянула на меня и чуть улыбнулась, как всегда.

— Для того, что я собираюсь сделать.

Мы спустились по насыпи к небольшой заводи, затянутой тонким ледком. На дне замерли несколько упавших с дерева листочков, похожих на плоских мертвых рыбок. Я поднял из воды круглый камешек и покатал на ладони. Симамото сняла перчатки, сунула их в карман, потом открыла защелку рюкзака и извлекла из него мешочек из добротной плотной ткани. Развязав шнурок, она достала маленькую урну, осторожно открыла крышку и заглянула внутрь.

Я безмолвно наблюдал за этой сценой.

В урне оказался белый пепел. Медленно и осторожно, стараясь не просыпать, Симамото перевернула урну на левую ладонь, где без труда все уместилось. Наверное, пепел от кремации, предположил я. День выдался тихий, безветренный, и горстка пепла так и лежала на ладони. Симамото положила урну обратно в рюкзак, погрузила кончик указательного пальца в пепел, поднесла ко рту и облизнула. Потом посмотрела на меня и попробовала улыбнуться, но не сумела. Палец остался у ее рта.

Симамото присела на корточки и высыпала пепел в воду. Я не отходя наблюдал за ней. В одно мгновение река унесла пепел. Мы стояли на берегу и долго смотрели на бежавший поток. Симамото перевела взгляд на ладонь, стряхнула остатки пепла и надела перчатки.

— Как ты думаешь, попадет он в море?

— Думаю, попадет, — сказал я, хоть и без большой уверенности. Все-таки до моря довольно далеко. Вдруг занесет в какую-нибудь заводь, он там и останется. Хотя какую-то частичку река все равно, наверное, в море вынесет.

Симамото подняла валявшийся на берегу обломок доски, выбрала, где земля помягче, и принялась копать.

Я помог ей вырыть ямку, в которой она похоронила завернутую в ткань урну. Где-то закаркали вороны. Похоже, они с самого начала за нами следили. «Смотрите, сколько влезет, — сказал я про себя. — Ничего плохого мы не делаем». Высыпали в реку пепел, только и всего.

— А дождь пойдет? — спросила Симамото, утаптывая ботинком землю.

Я посмотрел на небо.

— Не похоже.

— Я не то имела в виду. Я хотела сказать, что прах этого ребенка попадет в море и смешается с водой. Она испарится, превратится в облако, прольется на землю дождем.

Я опять посмотрел на небо, потом на реку и сказал:

— Так и будет. Может быть.

В аэропорт мы возвращались на машине, которую я взял напрокат, чтобы добраться до реки. Погода менялась на глазах — небо заволокли тяжелые тучи, скрывшие последние клочки лазури, которые мы видели еще совсем недавно. С минуты на минуту мог пойти снег.

— Это был мой ребенок. Единственный ребенок. — Симамото будто говорила сама с собой.

Я взглянул на нее и снова устремил взгляд на дорогу. Грузовики выбрасывали из-под колес грязную снежную жижу, и постоянно приходилось включать дворники.

— Моя девочка умерла на следующий день после родов, — говорила Симамото. — Прожила один день. Мне всего несколько раз дали ее подержать. Такая милая. Нежная... Какие-то проблемы с дыханием, никто толком не понял, в чем дело... Она вся посинела и умерла.

Я не мог выдавить из себя ни слова. Лишь протянул левую руку и накрыл ее кисть.

— Я даже не успела придумать ей имя.

— Когда это было?

— Ровно год назад, в феврале.

— Бедняга, — вымолвил я.

— Хоронить ее я не стала. Положить в темноту... Это невыносимо. Мне хотелось, чтобы она была рядом со мной. А потом я решила развеять прах в реке — пусть попадет в море, прольется дождем...

Симамото надолго замолчала. Я вел машину и тоже молчал. Какие уж тут разговоры... Лучше оставить человека в покое. Но тут я заметил, что с Симамото что-то неладно. Она дышала с каким-то странным механическим хрипом. Сначала мне даже почудилось, что это машина — забарахлил мотор. Но звук точно доносился с соседнего сиденья. Нет, Симамото не плакала. Впечатление было такое, будто у нее прохудились бронхи, и с каждым вдохом из них со свистом выходил воздух.

Остановившись у светофора, я посмотрел на Симамото. Лицо у нее было белое как бумага и неестественно застыло, словно стянутое краской. Голова откинута на подголовник, глаза уставились вперед, в одну точку. Она сидела совершенно неподвижно, только моргала иногда, как будто по обязанности. Я проехал еще немного, выбирая где остановиться, и притормозил на стоянке перед закрытым боулингом. На крыше пустого здания, похожего на самолетный ангар, торчал щит с нарисованной гигантской кеглей. На этой огромной стоянке мы оказались одни, как в пустыне где-то на краю света.

— Симамото-сан! — окликнул я ее. — Эй? Что с тобой?

Она не отвечала. Лишь продолжала, откинувшись на сиденье, втягивать воздух с тем же непонятным хрипением. Я потрогал ее щеку. Ни кровинки, холодная, как пейзаж вокруг. У меня перехватило дыхание. Вдруг она возьмет и умрет? Прямо сейчас. На этом самом месте. Взгляд ее был совершенно бессмысленным. Я заглянул ей в глаза, но ничего не увидел. Они были темны и холодны, как сама смерть.

— Симамото-сан! — заорал я.

Бесполезно. Она не реагировала. Никак. Глаза смотрели в никуда. В сознании она или нет? Надо гнать в больницу, немедленно. Тогда мы наверняка на самолет опоздаем, но сейчас не до этого. Симамото может умереть, и я должен спасти ее во что бы то ни стало.

Я завел машину и тут заметил, что она пытается что-то сказать. Выключив двигатель, приложил ухо к ее губам, но уловил лишь нечто похожее на слабый сквозняк. И все же Симамото, напрягая последние силы, силилась выговорить какое-то слово. Какое же? Наконец я кое-как разобрал: «Лекарство».

— Ты хочешь лекарство?

Симамото кивнула — так слабо, что я подумал, не показалось ли мне. На большее она была не способна. Я пошарил в карманах ее куртки и выудил кошелек, носовой платок, ключи на брелоке. Никаких лекарств. Полез в рюкзак и во внутреннем кармане нащупал упаковку с четырьмя маленькими капсулами. Я показал их Симамото:

— Это?

Глядя в одну точку, она кивнула.

Откинув спинку ее сиденья назад, я приоткрыл ей рот, чтобы дать лекарство. Однако во рту пересохло так, что она не могла проглотить капсулу. Я озирался, надеясь увидеть где-нибудь автомат с водой, — и, конечно, ничего не увидел. Заниматься поисками времени не было. Снег! Вот единственный источник влаги. Этого добра хоть отбавляй. Я выскочил из машины, у ангара — там, показалось мне, было почище — нагреб его в шерстяную шапочку Симамото и стал понемногу растапливать во рту, пока язык не онемел. Ничего лучше мне тогда в голову не пришло. Разжал ей зубы, перелил эту растопленную воду прямо изо рта в рот, зажал нос, чтобы она проглотила. Она стала давиться, делая горлом судорожные движения. Но после нескольких попыток капсула, похоже, все-таки проскочила.

Я взглянул на коробочку с капсулами: к моему удивлению, на ней ничего не было написано. Ни названия лекарства, ни фамилии пациента, ни указаний по применению. Обычно ведь пишут все эти вещи на упаковке, чтобы кто-нибудь не выпил по ошибке и всем было понятно, от чего этот порошок или пилюля. Решив не ломать больше голову, я запихал коробочку обратно в рюкзак и внимательно посмотрел на Симамото. «Бог знает, что с ней случилось и что это за лекарство, — думал я, — но раз она носит его с собой — должно помочь». Значит, такое с ней уже не в первый раз.

Минут через десять щеки слегка порозовели. Я легонько коснулся ее щеки своей — лицо Симамото постепенно теплело, — вздохнул с облегчением и усадил ее поудобнее. Слава богу, теперь не умрет. Обняв Симамото за плечи, я потерся щекой о ее щеку. Она медленно возвращалась к жизни.

— Хадзимэ! — послышался ее слабый шепот.

— Может, к врачу? Найдем какую-нибудь больницу, — спросил я.

— Не надо в больницу. Лекарство сейчас подействует. Все будет в порядке, не волнуйся. А как со временем? Поехали скорее в аэропорт, а то на самолет опоздаем.

— Да не думай ты об этом. Давай еще постоим, пока тебе лучше не станет.

Я вытер ей рот своим носовым платком. Симамото взяла его и стала рассматривать.

— Ты со всеми такой добрый?

— Не со всеми, — отвечал я. — С тобой — конечно. А со всеми... Это невозможно. Есть какой-то предел. Даже с тобой. Не было бы его — я бы куда больше для тебя сделал. Но не могу.

Симамото пристально посмотрела на меня.

— Хадзимэ, не думай, я не нарочно. Я совсем не хотела, чтобы ты опоздал на самолет, — сказала она тихо.

Я в изумлении уставился на нее.

— Я и не думаю. Это и так понятно. Тебе же стало плохо. Какие тут могут быть разговоры?

— Извини.

— За что?

— За то, что под ногами у тебя путаюсь.

Я погладил Симамото по волосам и, наклонившись, тихонько поцеловал ее в щеку. Как мне хотелось крепко прижать ее к себе, ощутить тепло ее тела... Но это было невозможно. Я мог лишь коснуться губами щеки — теплой, мягкой, влажной.

— Не надо ни о чем беспокоиться. Все будет хорошо, — сказал я.

На рейс мы опоздали — пока добирались до аэропорта и сдавали машину, посадка уже закончилась. Но, по счастью, вылет задерживался. Самолет стоял на дорожке, и пассажиров еще не пропускали. Мы вздохнули с облегчением. Пришлось ждать. За стойкой авиакомпании сказали, что возникла какая-то проблема с двигателем. Никакой другой информации у них не было, и когда закончится ремонт, они тоже не знали. Мы — тем более. Снег, который только начинался, когда мы примчались в аэропорт, повалил стеной. В такую погоду вылет вообще могли запросто отменить.

— Что ты будешь делать, если самолет не полетит?

— Не бойся. Полетит, куда он денется, — ответил я, хотя никакой уверенности в этом у меня не было. Такой вариант меня совершенно не устраивал. Придется что-то придумывать в порядке оправдания. Объяснять, как меня занесло в Исикаву. Хотя чего сейчас голову ломать? Когда все прояснится, тогда и думать буду. А пока надо позаботиться о Симамото.

— А ты? Не страшно, если мы все-таки не вернемся сегодня?

Она тряхнула головой:

— Не волнуйся обо мне. Главное, чтобы у тебя проблем не было. Достанется еще.

— Все может быть. Да не бойся ты. Никто же еще не говорил, что рейса не будет.

— Я так и думала, что случится что-нибудь подобное, — тихо продолжала Симамото, будто разговаривая сама с собой. — Со мной вечно так — ничего хорошего не жди. Стоит мне только появиться — тут же все наперекосяк.

Я сел на скамью в зале ожидания и стал думать, что бы такое сказать по телефону Юкико, если рейс отложат. Столько разных объяснений прокрутил в голове — но получалась лишь какая-то ерунда. Ушел из дома утром в воскресенье, сказал, что собираемся с приятелями из клуба, и вдруг засел из-за снегопада в аэропорту Исикавы. Какие уж тут оправдания? Можно, конечно, сказать: «Только вышел из дома, как вдруг страшно захотелось на Японское море посмотреть. Ну, я взял и рванул в Ханэду». Чушь какая. Чем такую ересь нести, лучше вообще рот не открывать. Или сразу выложить все начистоту. И вдруг, удивляясь самому себе, я понял, что в глубине души хочу, чтобы наш самолет никуда не полетел. Чтобы все замело снегом и рейс отменили. Появилась тайная надежда, что жена узнает об этой нашей поездке. Больше не нужно было бы оправдываться, лгать. Остаться бы здесь с Симамото, а дальше будь что будет.

С опозданием на полтора часа самолет все-таки взлетел. Симамото спала всю дорогу, прижавшись ко мне. А может, просто сидела с закрытыми глазами. Я обнял ее и крепче прижал к себе. Несколько раз мне казалось, что она плачет во сне. Пока мы были в воздухе, она не проронила ни слова. Я тоже молчал. Заговорили только перед самой посадкой.

— Ну как ты себя чувствуешь? — спросил я.

Прижимаясь ко мне, Симамото кивнула:

— Хорошо. Это лекарство здорово помогает. Все нормально. — Ее голова лежала у меня на плече. — Только не спрашивай ни о чем.

— Понял. Вопросов не будет.

— Спасибо тебе за сегодняшний день.

— За что именно?

— За то, что поехал со мной, что воду эту мне вливал. За то, что терпел все это.

Я посмотрел на Симамото. Губы ее были совсем рядом. Я касался их своими, когда переливал воду изо рта в рот. Казалось, они искали меня и сейчас. Ее губы чуть приоткрылись, обнажив красивые белые зубы. Я не мог забыть касания ее мягкого языка, которое я на миг почувствовал, вливая воду ей в рот. От одного взгляда на эти губы перехватывало дыхание — невозможно было думать ни о чем другом. Я весь горел, я понимал, что она меня хочет. Я тоже хотел ее — но умудрился сдержаться. Так не пойдет. Надо остановиться. Еще шаг — и назад уже хода не будет. Но какой ценой мне это далось...

* * *

Из Ханэды я позвонил домой. Было уже полдевятого. Извинился, что так поздно, сказал, что раньше позвонить не мог и буду через час.

— Я ждала-ждала, не выдержала и села ужинать без тебя. Приготовила рагу.

Мы сели в «БМВ», который я оставил на стоянке в аэропорту.

— Куда тебя подбросить?

— На Аояма, если можно. Дальше сама доберусь, — сказала Симамото.

— Точно?

Она с улыбкой кивнула.

До Гайэн[1], где я съехал с хайвея, мы ехали молча. Я вставил в магнитофон кассету — тихо зазвучал органный концерт Генделя. Симамото сидела, аккуратно положив руки на колени, и смотрела в окно. Мимо проносились семейные авто — домочадцы воскресным вечером возвращались с лона природы. Рука на рычаге коробки передач быстро переключала скорости.

— Хадзимэ... — заговорила Симамото, когда мы подъезжали к Аояма-дори. — А мне хотелось, чтобы наш самолет не улетел.

И мне, хотел сказать я, но так и не сказал. Во рту вдруг пересохло, и все слова где-то застряли. Я молча

---

[1] Квартал неподалеку от Аояма-дори.

кивнул и лишь легонько пожал ее руку. На углу первого квартала Аояма она попросила высадить ее, и я остановил машину.

— Можно к тебе еще зайти? — спросила она тихо. — Я тебе еще не надоела?

— Я буду ждать. Приходи поскорее.

Симамото кивнула.

Проезжая по Аояма-дори, я подумал: если не увижу ее больше, точно сойду с ума. Мир вокруг меня опустел в одно мгновение, как только она вышла из машины.

11

Через четыре дня после нашей с Симамото поездки в Исикаву мне позвонил тесть. Есть разговор, сказал он, и предложил на следующий день пообедать вместе. Я согласился, хотя, честно сказать, его предложение меня удивило. У тестя всегда была куча дел, и он крайне редко обедал с теми, кто не имел отношения к его бизнесу.

Полугодом раньше его фирма переехала из Ёги в новое семиэтажное здание в Ёцуя[1]. Офис занимал два верхних этажа, остальные сдавали другим фирмам, под рестораны и магазины. В этом здании я был впервые. Внутри все сверкало и блестело. Пол в вестибюле выложен мрамором, высокий потолок, большая керамическая ваза полна цветов. Я вышел из лифта на шестом этаже и увидел секретаршу с роскошными волосами — как с рекламы шампуня. Она позвонила тестю и назвала мою фамилию. Телефон у нее был модерновый: темно-серого цвета, похожий на деревянную лопаточку, какими на кухне мешают в кастрюлях, только с кнопками. На лице секретарши появилась лучезарная улыбка:

— Пожалуйста, проходите. Господин президент ждет вас в кабинете.

---

[1] Районы Токио.

Улыбка шикарная, подумал я, но до улыбки Симамото ей далеко.

Кабинет главы фирмы располагался на самом верхнем этаже. Из огромного окна открывался вид на город — не сказать, правда, чтобы очень впечатляющий. Зато помещение было светлое и просторное. На стене висела картина кого-то из импрессионистов. Маяк и лодка. Похоже на Сера. Может, даже подлинник.

— Как я вижу, дела идут отлично, — начал я.

— Недурно, — отозвался тесть, подошел к окну и обвел рукой открывавшийся из него вид. — Весьма недурно. А будут еще лучше. Сейчас самое время зарабатывать. Для нашего брата такой шанс выпадает раз в двадцать-тридцать лет. Если не сейчас, то когда еще? А знаешь, почему?

— Не знаю. Я ведь в строительстве полный профан.

— Иди сюда. Посмотри на город. Видишь, сколько свободного места? Сколько участков незастроенных, там-сям, на беззубый рот похоже. Когда ходишь по улицам, это незаметно. А сверху очень хорошо видно. Раньше там старые дома были, но их снесли. Земля так сильно подорожала, что старье содержать невыгодно. Жилье в таких домах за хорошие деньги не сдашь, жильцов все меньше. Нужны новые здания, большие. Частным домовладельцам, когда земля в центре так дорожает, налоги на имущество и наследство уже не по карману. Они продают свои дома и перебираются в пригороды. Профессионалы — риэлторские компании — их покупают, ломают и на этом месте строят новые здания, более прибыльные. Так что скоро все эти пустые площадки застроят. Года через два-три. Тогда ты Токио не узнаешь. С деньгами проблем не будет. Экономика на подъеме, акции все лезут вверх. Денег у банков навалом. Если у человека есть земля, банк даст под залог сколько хочешь. Есть земля — есть и деньги. Потому дома и растут как грибы. И кто, думаешь, их строит? Мы, вот кто.

— Понятно, — сказал я. — И что же с Токио будет, когда это все понастроят?

— Что будет? Веселее будет, еще красивее, удобнее. Какие города — такая и экономика.

— Веселее, красивее, удобнее... Это здорово, конечно. То, что надо. Но уже сейчас в Токио от машин деваться некуда. Куда дальше строить-то? Ведь встанет все. По улицам не проедешь. А где столько воды взять, если дождей долго не будет? Или летом возьмут все и включат кондиционеры. Электроэнергии хватит? Электростанции на ближневосточной нефти работают. А вдруг опять нефтяной кризис? Что тогда?

— Об этом правительство и городские власти должны думать. За что мы такие налоги платим? Пускай у чиновников голова болит. В Токийском университете небось учились, самое время мозгами пошевелить. Уж так нос задирают, с таким видом, будто заправляют всеми делами в стране. Вот пусть и напрягут малость свои бесценные мозги. А я в этом не разбираюсь. Я всего-навсего строитель. Есть заказы — строю. У нас же рынок. Так ведь?

Я решил больше не распространяться на эту тему. В конце концов я пришел к тестю не затем, чтобы спорить о японской экономике.

— Ладно, — проговорил тесть. — Оставим этот мудреный разговор. Поедем лучше перекусим. А то у меня живот подвело.

Мы уселись в его просторный черный «мерседес» с телефоном и поехали на Акасака, в ресторан, где подавали угря. Нас провели в отдельный кабинет в глубине зала. Мы сидели вдвоем, ели угря и пили сакэ. Я только пригубил — днем пить не хотелось, а тесть сразу взял хороший темп.

— О чем же будет разговор? — Если какие-то неприятности, лучше уж сразу самому спросить.

— Хотел попросить тебя кое о чем, — ответил он. — Так, ничего особенного. Мне нужно твое имя.

— Мое имя?

— Я собрался зарегистрировать еще одну фирму, и мне нужен учредитель. От тебя ничего не требуется, только имя. Никаких проблем у тебя не будет. Ну и материально получишь соответственно.

— Мне ничего не надо. Нужно мое имя — пожалуйста. А что за фирма? Хотелось бы знать, раз меня в учредители записывают.

— Сказать по правде, фирмы-то настоящей не будет. Одно название.

— Короче, подставная фирма. Бумажная.

— Можно и так сказать.

— А для чего? От налогов укрываться?

— Ну... не совсем, — замялся тесть.

— Тогда, значит, черный нал? — решился спросить я.

— Да что-то вроде этого, — сказал он. — Конечно, это не очень красиво. Но в нашем деле иначе нельзя.

— А если проблемы появятся?

— А что такого? Фирму зарегистрировать... Все по закону.

— Я имею в виду, чем эта фирма заниматься будет.

Тесть достал из кармана пачку сигарет, чиркнул спичкой и закурил. Выдохнул струйку дыма.

— Да не будет никаких проблем. А если и будут, что с того? Понятно же, что ты просто разрешил мне своим именем воспользоваться. Только и всего. Тесть попросил — отказать не мог. Никому в голову не придет с тебя спрашивать.

Подумав немного, я задал еще один вопрос:

— Кому же эти теневые деньги пойдут?

— Тебе лучше в это не влезать.

— Раз у нас рынок, хотелось бы все же поподробнее знать, — сказал я. — Кому все-таки? Политикам?

— Так, самую малость.

— Чиновникам?

Тесть затушил сигарету в пепельнице.

— Ты что? Это уже взятка. За это и посадить могут.

— Но ведь в вашем бизнесе все так делают? Кто меньше, кто больше. Разве нет?

— Ну, может, и есть немного, но не настолько серьезно, чтобы за решетку загреметь.

— А якудза? Вот кто при скупке земли пригодится.

— Это уж нет. Мне братва никогда не нравилась. Я землю скупать не собираюсь. Дело, конечно, выгодное, но не по моему профилю. Мое дело — строить.

Я тяжело вздохнул.

— Не понравился тебе наш разговор, — проговорил тесть.

— Понравился, не понравился... Какая разница? Ведь вы на меня виды имеете, значит, разговор, по-вашему, все равно кончится тем, что я соглашусь. Так ведь?

— Так, — устало улыбнулся он.

Я снова кивнул.

— Знаете, отец, по правде сказать, не нравится мне все это. И не потому, что с законом какие-то проблемы. Просто я самый обыкновенный человек, живу, как все. Вы же знаете. Не хочется в разные темные комбинации влезать.

— Я все прекрасно понимаю, — продолжал тесть. — Доверь это дело мне. Жизнь тебе портить я не собира-

129

юсь. Ведь тогда и Юкико, и внучкам достанется. Я такого не допущу. Знаешь, что они для меня значат?

Я кивнул. Вот попал... Как ему откажешь? От такой мысли становилось тошно. Мало-помалу это болото меня засасывает. Только начало, первый шаг. Стоит согласиться, и за этим еще что-нибудь потянется.

Мы вернулись к еде. Я пил чай, тесть все налегал на сакэ.

— Сколько тебе лет? — вдруг спросил он.

— Тридцать семь.

Тесть пристально посмотрел на меня.

— Самый возраст для мужика. На работу сил хватает, в себе уверен. Бабы, небось, так и липнут.

— Да я бы не сказал, — рассмеялся я и взглянул на него. На секунду мне показалось, что тесть все знает о нас с Симамото и потому вытащил меня сюда. Но по голосу не похоже, что он подозревает что-то. Говорит обычно, без напряжения.

— Я в твои годы тоже любил покуролесить. Так что агитировать за супружескую верность не буду. Не ожидал от меня такого? Все-таки отец жены. Но я в самом деле так считаю: в разумных пределах — пожалуйста. Надо же иногда и развеяться. Это даже хорошо, когда в разумных пределах, — и в семье порядок, и работа ладится. Поэтому если ты и переспишь с какой-нибудь бабенкой, я не в претензии. Хочешь гулять — гуляй, но будь разборчивым. Раз ошибешься — и вся жизнь насмарку. Сколько примеров у меня перед глазами!..

Я кивнул и вспомнил, как Юкико рассказывала о своем брате, который не ладил с женой. Брат — на год моложе меня — завел любовницу и дома почти не жил. «Видно, старик за сына переживает, вот и начал этот разговор», — подумал я.

— От всякой швали держись подальше. Свяжешься с такой — станешь ничтожеством. А с дурой свяжешься — сам в дурака превратишься. Хотя с порядочными тоже не путайся. Не вырвешься потом, с пути собьешься. Понимаешь, о чем я?

— Ну, в общем, да, — сказал я.

— Надо кое о каких правилах помнить, и все будет в порядке. Во-первых, не снимай ей квартиру. Это роковая ошибка. Дома нужно быть не позже двух, что бы ни случилось. Два часа ночи — последний предел. И еще: не прикрывайся друзьями. Вдруг откроется твой роман. И что? Сделать все равно ничего нельзя. Зачем же еще и друзей терять?

— Вы так говорите, будто все на личном опыте познали.

— Именно. Человек только на опыте учится, — продолжал тесть. — Хотя есть и такие, на кого это не распространяется. Но ты не из них. У тебя глаз на людей наметанный. А это лишь с опытом приходит. Я к тебе в бары всего несколько раз заходил, но сразу понял: умеешь и людей хороших подобрать, и работать их заставить.

Я молча слушал, что он еще скажет.

— И жену ты правильно выбрал. Сколько уже времени вместе живете и все хорошо. Юкико с тобой счастлива. Детишки у вас замечательные. Спасибо тебе.

«Здорово он сегодня набрался», — подумал я, но ничего не сказал.

— Ты, вроде, не знаешь, а ведь Юкико раз чуть руки на себя не наложила. Снотворного много выпила. В больнице два дня в сознание не приходила. Я уж думал она не выкарабкается. Холодная вся была, дышала еле-еле. Подумал: «Ну все, конец!» У меня аж в глазах потемнело.

Я поднял взгляд на тестя:

— Когда это случилось?

— Ей тогда было двадцать два. Только университет окончила. Это она из-за одного мужика. У них уже до помолвки дело дошло, а он гадом оказался. Юкико только с виду тихая, а на самом-то деле с таким характером. Головастая девчонка. Зачем она с этим паразитом связалась, ума не приложу. — Тесть прислонился к столбу, подпиравшему устроенную в стене нишу, у которой мы сидели, сунул в рот сигарету и закурил. — Первый он у нее был. Наверное, поэтому. А в первый раз все ошибаются. Но для Юкико то был страшный удар, потому она и задумала с собой кончать. После того случая мужиков долго за версту обходила. Раньше такая живая была, а стала замкнутая, молчаливая; все дома сидела. Посветлела только, когда с тобой начала встречаться. Так изменилась. Вы с ней в каком-то походе познакомились?

— Да. На Ясугатакэ[1].

— Я тогда ее чуть не насильно из дома выставил, чтоб она туда поехала.

Я кивнул.

— Я не знал, что Юкико пыталась покончить с собой.

— Мне до сих пор казалось, что тебе лучше об этом не знать. Но теперь я так не думаю. Вам с Юкико еще долго вместе жить, поэтому знать надо все — и хорошее, и плохое. Тем более, дело прошлое. — Тесть зажмурился и выпустил струйку дыма. — Как отец тебе скажу: она хорошая. Правда. Я всяких баб на своем веку перевидал, так что разбираюсь. Дочь или не дочь — не имеет значения. Что-что, а хорошее от плохого я отличаю. Вот младшая дочка у меня красивее, но совсем не такая. А ты на людей глаз имеешь.

---

[1] Живописный горный массив в Центральной части о. Хонсю.

Я молчал.

— У тебя, правда, ни братьев, ни сестер.

— Правда, — отозвался я.

— А у меня детей трое. Как думаешь: я их всех одинаково люблю?

— Не знаю.

— Ну а ты? Одинаково дочерей любишь?

— Конечно.

— Это потому, что они еще маленькие, — заявил тесть. — А вот подрастут, и почувствуешь, кто твоя любимица. Еще время пройдет — к другой сердцем потянешься. Когда-нибудь это поймешь.

— Неужели? — только и сказал я.

— Только между нами: из своей троицы я больше всех Юкико люблю. Нехорошо, наверное, так говорить, но куда денешься. Мы с ней без слов друг друга понимаем; я ей доверяю.

Я в очередной раз кивнул.

— Ты в людях разбираешься, а это большущий талант. Его беречь надо. Вот я, к примеру, ничтожество полное, но все-таки добился кой-чего стоящего.

Я усадил порядком набравшегося тестя в «мерседес». Старик развалился на заднем сиденье, широко расставив ноги, и закрыл глаза. А я поймал такси и поехал домой. Юкико ждала меня.

— О чем был разговор? — спросила она.

— Да, ничего особенного, — ответил я. — Просто ему захотелось с кем-нибудь выпить. Вообще-то он хорошо принял. Поехал в офис, а уж как работать будет в таком состоянии, не знаю.

— Он всегда так, — засмеялась Юкико. — Днем выпьет и ложится вздремнуть часок на диване у себя в кабинете. Но фирма пока не прогорела. Так что будь спокоен.

— И все же он стал быстро пьянеть. Не то, что раньше.

— Это правда. Раньше он столько выпить мог! И ничего заметно не было. Пока мама была жива. Мог пить и пить. А сейчас уже не то, конечно. Ничего не поделаешь — стареет. Как все люди.

Мы сидели на кухне и пили кофе — его сварила Юкико. О подставной фирме и просьбе тестя зарегистрировать ее на мое имя я решил не рассказывать. Жене это наверняка не понравится. Как пить дать скажет: «Ну дал отец тебе денег. Что из этого? Ты же возвращаешь, да еще с процентами». Правильно, да только все не так просто.

Младшая дочь крепко спала в своей комнате. Допив кофе, я потянул Юкико к постели. Мы сбросили одежду и без слов прильнули друг к другу в лучах яркого дневного света. Согрев своим теплом ее тело, я слился с ним — но думал все время о Симамото. Закрыл глаза и вообразил ее на месте жены, представил, как прижимаю Симамото к себе, соединяюсь с ней в одно целое. Оргазм неистовой волной прокатился по всему моему телу.

Приняв душ, я вернулся в постель, намереваясь немного подремать. Юкико уже оделась, но увидев, что я лег, юркнула ко мне и прижалась к моей спине губами. Я закрыл глаза и ничего не говорил. Меня грызла совесть: занимался сексом с женой, а мечтал о Симамото. Я молча лежал с закрытыми глазами.

— Я тебя люблю, правда, — сказала Юкико.

— И это после семи лет совместной жизни, после того, как мы уже двух детей нажили? Как же я тебе не надоел?

— Можст, и надоел, но все равно люблю.

Я обнял ее и стал раздевать. Стянул свитер, юбку, лифчик...

— Ты что? Опять? — удивилась Юкико.

— Вот именно. Опять, — ответил я.

— Ой, где же мне записать такое?

На этот раз я старался не думать о Симамото. Сжав Юкико в объятиях, я смотрел в глаза жене и думал только о ней. Целовал в губы, шею, грудь и наконец выпустил в нее весь свой заряд. И потом еще долго лежал, не разжимая рук.

— Что с тобой? — Юкико посмотрела мне в глаза. — Что все-таки у вас с отцом произошло?

— Ничего, — отвечал я. — Абсолютно ничего. Просто хочется полежать немного вот так.

— Да ради бога, — сказала Юкико и крепко обняла меня, не давая нам разъединиться. Закрыв глаза, я прижался к ней всем телом, точно боялся исчезнуть, раствориться в небытии.

Обнимая Юкико, я вдруг вспомнил, что рассказал мне тесть — о ее попытке самоубийства. *«Я уж думал она не выкарабкается. Подумал: "Ну все! Конец!"»* Повернись жизнь тогда иначе — я бы ее сейчас не обнимал. Я нежно погладил Юкико по плечу, провел рукой по волосам, по груди. Мягкое, теплое, живое, настоящее. Под ладонью бился пульс ее жизни. Сколько ему еще суждено? Никто не знает. Все, что имеет форму, может исчезнуть в одно мгновенье. Юкико. Комната, где мы сейчас. Эти стены, этот потолок, это окно. Глазом моргнуть не успеешь, как все это пропадет — и следа не останется. Мне вдруг вспомнилась Идзуми. Ведь я причинил ей страшную боль, так же, как тот парень — Юкико. Но Юкико после того случая встретила меня, а Идзуми так и осталась одна.

Я поцеловал Юкико в мягкую шею.

— Посплю чуть-чуть, а потом поеду в садик за дочкой.

— Отдыхай, — сказала она.

Подремал я совсем немного. Проснулся в начале четвертого. Окно спальни выходило на кладбище Аояма. Я сел на стул у окна и долго взирал на кладбищенский пейзаж. С появлением в моей жизни Симамото многое стало выглядеть иначе. Я слышал, как Юкико готовит на кухне ужин. Звуки отдавались в ушах гулким эхом, точно доносились из трубы какого-то страшно далекого мира.

Я вырулил на «БМВ» из подземного гаража и поехал в сад за старшей дочкой. В тот день там был какой-то детский праздник, поэтому она вышла почти в четыре часа. Перед зданием, как всегда, выстроились сверкающие лаком шикарные лимузины — «саабы», «ягуары», «альфа-ромео». Из них выходили молодые, дорого одетые мамаши, забирали своих детей и разъезжались по домам. Я был единственным отцом в их компании. Увидев дочь, я окликнул ее и помахал рукой. Она махнула в ответ маленькой ручкой и пошла было к машине, но, заметив девчонку в вязаной красной шапочке, сидевшую на переднем сиденье в голубом «мерседесе 260Е», что-то крикнула и побежала к ней. Девчонка высунулась из окна. Рядом сидела ее мать в красном кашемировом пальто и больших солнечных очках. Я подошел к «мерседесу», взял дочку за руку. Женщина повернулась ко мне и приветливо улыбнулась. Я тоже улыбнулся. При виде красного пальто из кашемира и темных очков я вспомнил Симамото — как шел за ней от Сибуя до Аояма.

— Здравствуйте, — поздоровался я.

— Здравствуйте, — сказала женщина.

Она была само очарование. Лет двадцать пять, не больше, подумал я. В стереодинамиках ее машины «Токин Хедс» наяривали «Сжечь бы дом дотла». На заднем сиденье лежали два бумажных пакета с покупками из «Кинокунии»[1]. У женщины оказалась замечательная улыбка. Дочка пошепталась с подружкой, и они попрощались. Нажав на кнопку, Красная Шапочка подняла стекло, а мы пошли к «БМВ».

— Ну как? Было сегодня что-нибудь интересное? — спросил я.

Дочь резко тряхнула головой:

— Ничего. Просто ужас.

— Да... Неудачный у нас с тобой день получился. — Я наклонился и поцеловал ее в лобик. Она состроила гримаску, напомнив мне, с каким видом в снобских французских ресторанах принимают карточки «Американ Экспресс». — Ничего. Завтра лучше будет.

Мне бы и самому хотелось в это верить. Проснуться бы завтра утром и увидеть, что мир безмятежен, а все проблемы решены. Но такого не будет. Завтра все только больше запутается. Проблема в том, что я влюбился. Женатый мужик, с двумя детьми... и влюбился.

— Па! — услышал я дочкин голос. — Я на лошадке хочу покататься. Ты купишь мне лошадку?

— Куплю. Потом когда-нибудь.

— Когда потом?

— Вот накоплю денег и куплю.

— А у тебя копилка есть?

— Есть. Очень большая. Как наша машина. Чтобы лошадку купить, надо полную набрать.

— Может, дедушку попросить? Он богатый.

---

[1] Один из наиболее дорогих токийских гастрономов.

— Точно, — сказал я. — Знаешь, какая у него здоровая копилка? С дом, наверное. И денег там куча. Только доставать из такой большой копилки трудно.

Дочь призадумалась.

— Может, все-таки я попрошу его как-нибудь? Купить лошадку?

— Попроси, конечно. Вдруг купит.

Мы говорили о лошадках до самого дома. Какой цвет ей больше всего нравится. Как бы она ее назвала. Куда бы хотела на ней поехать. Где она будет спать. Подъехав к дому, я посадил дочь в лифт, а сам решил заехать в бар, посмотреть, как там дела. Интересно, что принесет завтрашний день? Положив обе руки на руль, я закрыл глаза. Такое ощущение, будто тело мое — вовсе не тело, а лишь оболочка, которую я позаимствовал где-то на время. Что меня ждет завтра? Надо срочно купить дочке лошадку. Успеть до того, как все исчезнет и пойдет прахом.

12

Два месяца, до самой весны, мы встречались с Симамото почти каждую неделю. Она заходила или в бар, или в «Гнездо малиновки» — туда чаще. Всегда появлялась после девяти. Устраивалась у стойки, заказывала два-три коктейля и часов в одиннадцать уходила. Я садился рядом, и мы пускались в разговоры. Не знаю, что о нас думал персонал, но меня это мало волновало. Точно так же я не обращал в школе внимания на то, как смотрели на нас одноклассники.

Иногда она мне звонила и предлагала встретиться где-нибудь днем на следующий день. Обычно мы выбирали кофейню на Омотэ-Сандо. Закусив, отправлялись гулять. Ходили вместе часа два, самое большее — три. Когда время истекало, она смотрела на часы, улыбалась мне и говорила:

— Ну вот! Надо идти.

Как же чудесно она улыбалась! Однако по ее улыбке невозможно было понять, что она чувствует, что переживает в этот момент. То ли грустит от того, что надо уходить, то ли не очень. Или рада, что может от меня избавиться? Да и правда ли ей надо уходить? Я не был в этом уверен.

Так или иначе, за те два-три часа, что были в нашем распоряжении, мы никак не могли наговориться. И за все время ни разу я не обнял ее за плечо, она ни разу не взяла меня за руку. Мы так больше друг друга и не коснулись.

В Токио к Симамото вернулась ее безмятежная очаровательная улыбка. Никаких следов бури, что кипела в ней в тот холодный февральский день, когда мы ездили в Исикаву. А вместе с ними пропали теплота и близость, сами собой возникшие тогда между нами. Будто сговорившись, мы ни разу не вспомнили о нашем странном маленьком путешествии.

Мы шли плечо к плечу, и я все гадал, что у нее на сердце, о чем она думает и куда заведут ее эти мысли. Заглядывал ей в глаза, но находил в них лишь смиренное молчание. И, как и раньше, ее складочки над веками напоминали далекий горизонт. Мне стало понятно одиночество Идзуми, которое могло накатывать на нее при мне. У Симамото в душе жил ее собственный маленький мир. Она несла его в себе и, кроме нее, о нем никто не знал. Этот мир был закрыт для меня. Ведущая в него дверца приоткрылась однажды и тут же захлопнулась.

Погружаясь в эти мысли, я переставал понимать, что верно, а что неверно, и снова чувствовал себя беспомощным, растерянным двенадцатилетним мальчишкой. Что делать? Что говорить? Я понятия не имел. Пробовал успокоиться, заставить голову работать — все напрасно. Что бы ни говорил, что бы ни делал в ее присутствии, — все получалось не так. А Симамото смотрела на меня, улыбаясь своей необыкновенной улыбкой, в которой, казалось, растворялись все чувства, и будто говорила: «Все в порядке. Все хорошо».

Я по-прежнему о ней почти ничего не знал. Где она живет? С кем? На какие средства? Замужем ли она сейчас? Или, может, была раньше? Знал только, что ее ребенок умер на второй день после рождения. Случилось это в прошлом году, в феврале. Еще она сказала, что ни дня в своей жизни не работала. Но при этом она всегда дорого одета, носит великолепные украшения. Значит, в деньгах недостатка нет. Вот и все, что я о ней знал. Если был ребенок — был, наверное, и муж. Хотя не обязательно. Может — так, а может — не так. Разве мало незамужних с детьми?

Понемногу Симамото начала рассказывать о школе. С нынешней жизнью воспоминания ничего не связывало, и она не прочь была поговорить о прошлом. Я узнал, как неимоверно одиноко ей было тогда. Она изо всех сил старалась относиться ко всем по справедливости. Выяснение отношений и оправдания были не для нее. «Не хочу оправдываться, — говорила мне она. — Человек так устроен: раз начнешь — уже не остановишься. А мне так не хочется». Но как хотелось — не получалось. С окружающими у Симамото возникали дурацкие недоразумения, оставлявшие глубокие раны. Она стала замыкаться в себе. По утрам ее часто рвало, так не хотелось идти в школу.

Симамото показала мне фотокарточку — себя в старших классах. Сидит на стуле в каком-то саду, вокруг распустившиеся подсолнухи. Лето. На ней голубые шорты и белая майка. Настоящая красавица! Широко улыбается в камеру. Все та же изумительная улыбка — хотя не такая уверенная и естественная, как у взрослой Симамото. И эта неуверенность, неопределенность особенно трогательны. Одинокие несчастные девушки так не улыбаются.

— На фотографии ты прямо счастливая девчонка, — сказал я.

Симамото медленно покачала головой. В уголках глаз собрались милые морщинки; казалось, ей вспомнилось что-то из прежней, далекой жизни.

— Нет, Хадзимэ, по фотографии ничего не поймешь. То, что ты видишь на ней, — это тень. А я сама далеко. На карточке этого не заметишь.

Я глядел на фото, и у меня щемило в груди. Сколько же времени я потерял! Такого драгоценного, и обратно его не вернешь, как ни старайся. Времени, что существует лишь в прошлом измерении. Я долго смотрел на снимок.

— Что ты его так рассматриваешь? — спросила Симамото.

— Пробую наверстать время. Мы с тобой двадцать с лишним лет не виделись. Вот я и хочу хоть как-то заполнить этот разрыв.

Она загадочно улыбнулась и посмотрела на меня так, будто в моем лице ее что-то удивило.

— Странно. Тебе хочется эту пустоту заполнить, а мне наоборот — пусть на месте этих лет белое пятно остается.

После того как мы тогда разъехались, Симамото до самого окончания школы серьезно ни с кем не встречалась. Парни не сводили с нее глаз. Еще бы — такая красивая девчонка! Но она почти ни на кого не обращала внимания. С кем-то встречалась, но недолго.

— Как мальчишки в таком возрасте могут нравиться? Понимаешь, о чем я? Они все неотесанные, эгоисты и думают только об одном: как бы девчонке под юбку залезть. Мне от этого сразу противно становилось. А хотелось, чтобы все было, как у нас с тобой.

— Знаешь, в шестнадцать лет и я наверное такой же был: эгоист бездумный, который только и мечтал залезть кому-нибудь под юбку. А как же иначе?

— Хорошо, что мы тогда не встретились, — улыбнулась Симамото. — В двенадцать лет разбежались, в тридцать семь снова сошлись... Может, это самый лучший вариант?

— Не знаю...

— А сейчас как? Кроме юбок о чем-нибудь можешь думать?

— Вообще-то могу, — ответил я. — Хотя если это тебя так волнует, в следующий раз, может, в брюках придешь?

Симамото посмотрела на свои руки, сложенные на столе, и рассмеялась. Колец на пальцах у нее, как всегда, не было. Браслет и часики — каждый раз новые. И сережки. Только колец не признавала.

— Не хотелось никому становиться обузой, — продолжала она. — Понимаешь? Мне столько всего было недоступно. Пикники, плавание, лыжи, коньки, дискотеки... Все эти развлечения были не для меня. Я и ходила-то еле-еле. Оставалось сидеть с кем-нибудь, разговаривать да музыку слушать. Но ведь так парней обычно надолго не хватает. И мне все это опротивело.

Симамото сделала глоток «Перрье» из стакана, где плавал ломтик лимона. Стоял теплый день, какие бывают в середине марта. Толпа прохожих на Омотэ-Сандо пестрела рубашками с короткими рукавами — в них уже облачилась молодежь.

— Вот встречались бы мы тогда с тобой и дальше, и чем бы кончилось? Я бы тебе надоела, стала мешать. Ты же хотел жить активно, вырваться на простор, в окружающий огромный мир. Я бы этого не вынесла.

— Нет, никогда бы такого не случилось. Не могла ты мне надоесть. Между нами было что-то... особенное. Не знаю, как сказать. Но было. Что-то очень ценное, важное... Ну, ты же понимаешь.

Не меняя выражения лица, Симамото внимательно посмотрела на меня.

— Нет во мне ничего выдающегося, — говорил я. — Похвастаться особо нечем. Грубый, безразличный, нагловатый тип. Я и сейчас такой. А уж раньше-то... Так что я тебе совсем не подходил, наверное. Но одно могу точно сказать: ты бы мне никогда не надоела. В этом смысле я не такой, как другие. К тебе у меня особенное отношение. Я это чувствую.

Симамото снова бросила взгляд на свои руки на столе, чуть развела пальцы, точно хотела убедиться, что с ними все в порядке.

— Знаешь, Хадзимэ, как это ни печально, есть в жизни вещи, которые не вернешь. Уж если что-то сдвинулось с места, назад хода не будет, как ни старайся. Чуть что пойдет наперекосяк — все! Ничего уже не исправишь.

Как-то раз мы с ней отправились на концерт. Симамото пригласила меня по телефону — знаменитый пианист-южноамериканец исполнял фортепианные концерты Листа. Я разобрался с делами, и мы пошли в концертный зал Уэно. Маэстро играл блестяще. Поразительная техника, сама музыка — замечательно тонкая и глубокая, страстные эмоции исполнителя, наполнявшие зал. Но несмотря на все это, как я ни старался, закрыв глаза, сосредоточиться на музыке, она не захватывала. Меня словно отделял от нее тонкий занавес — такой тонкий, что не поймешь, есть он на самом деле или нет. И проникнуть за него не было никакой возможности. Когда после концерта, я поделился с Симамото, она сказала, что испытывала то же самое.

— Что же здесь не так? — спросила Симамото. — Ведь он так замечательно играл.

— Помнишь, когда мы слушали ту пластинку, в самом конце второй части две царапины были. И звук такой — пш-пш. Без него я эту музыку не воспринимаю.

Симамото рассмеялась:

— А как же художественное восприятие?

— Искусство тут ни при чем. Пусть им лысые орлы питаются. А я люблю пластиночку со скрипом, что бы кто ни говорил.

— Может, ты и прав, — не стала возражать Симамото. — А что это за лысые орлы? Про грифов я знаю — они точно лысые. А орлы разве лысые бывают?

По дороге из Уэно, в электричке, я во всех подробностях объяснял ей, чем лысый орел отличается от лысого грифа. Они обитают в разных местах, кричат по-разному, брачные игры у них тоже в разное время.

— Лысые орлы искусством питаются, а лысые грифы жрут мертвечину, трупы человеческие. Совсем другие птицы.

— Чудак ты! — рассмеялась Симамото и, подвинувшись на сиденье, едва коснулась плечом моего плеча. Первое прикосновение за два месяца.

Прошел март, наступил апрель. Мы определили младшую дочь в тот же детсад, куда ходила старшая. Теперь они требовали меньше заботы, и Юкико решила послужить обществу — стала помогать местному интернату для детей-инвалидов. Отвозил девочек в сад и забирал, в основном, я. Когда не успевал, жена подменяла. Дочки подрастали, а я старел. Дети взрослеют сами, независимо от того, что мы об этом думаем. Конечно же, я любил своих девчонок. Наблюдать, как они растут, — вот самое большое счастье. Хотя подчас, когда я смотрел на них, вдруг перехватывало дыхание. Возникало ощущение, будто у меня внутри разрастается дерево. Все глубже пускает корни, раскидывает вширь ветви, прессуя внутренности, мышцы, кости и пытаясь прорваться

145

сквозь кожу. Подчас из-за этого тяжкого чувства я даже не мог заснуть.

Мы виделись с Симамото каждую неделю. Я возил дочек в сад, привозил обратно, пару раз в неделю находилось время на любовь с Юкико. После того как судьба снова свела меня с Симамото, я стал выполнять свой супружеский долг чаще. И не потому, что чувствовал себя виноватым. Просто надеялся, что секс не даст мне свихнуться.

— Что с тобой происходит? Ты какой-то странный в последнее время, — спросила как-то Юкико, когда средь бела дня меня в очередной раз потянуло на подвиги. — Никогда не слышала, что нужно дожить до тридцати семи, чтобы заиметь себе полового гиганта.

— Да ничего особенного. Как было, так и есть, — ответил я.

Юкико посмотрела на меня и слегка покачала головой:
— Эх, узнать бы, что у тебя в голове.

В свободное время я слушал классику или глазел из окна на кладбище. Читать почти перестал — сосредоточиться становилось все труднее и труднее.

Несколько раз я видел ту молодую мать с «мерседесом 260E». Иногда, дожидаясь дочек у ворот детсада, мы с ней обменивались новостями: в какое время у какого супермаркета легче припарковаться; в одном итальянском ресторане сменился шеф-повар и еда стала не та; на следующий месяц в «Мэйдзия» обещают распродажу импортного вина. Короче, обо всякой ерунде, интересной только тем, кто жил на Аояма. В общем, дошел... Сплетничать стал, как деревенская баба у колодца. А что поделаешь, если других общих тем не находилось.

В середине апреля Симамото снова пропала. Последний раз мы виделись в «Гнезде малиновки». Сидели у стойки, разговаривали. Без чего-то десять позвонили из другого моего бара и попросили срочно зайти. Я сказал, что вернусь минут через тридцать-сорок.

— Ладно, — улыбнулась она. — Я пока почитаю.

Но когда, быстро уладив дела, я вернулся, ее уже не было. Часы показывали начало двенадцатого. На стойке лежали спички, и на корочке у них она написала: «Наверное, я не смогу приходить сюда какое-то время. Мне надо идти. Счастливо. Будь здоров».

На меня напала жуткая хандра. Я маялся, не зная, чем заняться. Без всякого смысла слонялся по дому, шатался по улицам, приезжал пораньше к детсаду за дочками. Пускался в разговоры с женщиной из «мерседеса 260Е». Мы как-то зашли с ней в кафе по соседству, пили кофе и опять трепались об овощах из «Кинокунии», яйцах из «Нэчурал хаус» и распродаже, которую устроили в «Мики-хаус». Выяснилось, что женщина — поклонницей Ёсиэ Инаба[1] и перед каждым сезоном заказывает всю нужную ей одежду по каталогам. Потом мы перешли к обсуждению ресторана, что был на Омотэ-Сандо, у полицейского участка. Там замечательно готовили угря, а теперь ресторан закрылся. Получился настоящий дружеский разговор. Моя собеседница была куда более открытой и приятной особой, чем показалось мне сначала. Она не привлекала меня как женщина. Вовсе нет. Просто нужно было с кем-то поговорить — все равно, с кем. О чем-нибудь безобидном, легком. О чем угодно, лишь бы это не имело отношения к Симамото.

Когда делать становилось совсем нечего, я шел в универмаг и покупал там что под руку попадет. Один раз отоварился сразу шестью рубашками. Девчонкам по-

---

[1]   Японский модельер и дизайнер.

купал игрушки и кукол, Юкико снабжал бижутерией. Заходил в салон «БМВ» посмотреть на модель М5. Покупать машину я не собирался, но все объяснения продавца выслушивал.

Я несколько недель не находил себе места, пока наконец не смог снова сосредоточиться на деле. Решил: Все! Хватит! — и пригласил дизайнера и оформителя, чтобы поговорить о том, как по-новому оформить интерьер в моих барах. Пришло время кое-что перестроить, а заодно подумать, что дальше делать с этим бизнесом. У баров, как у людей, жизнь идет полосами: то тихоспокойно, то подходит срок, и надо все менять. Когда дело долго варится только в собственном соку, начинаешь терять энергию, замираешь, как в летаргии. А у меня чутье: я заранее чувствую, какие требуются перемены. Людям и воздушные замки надоедают, если в них ничего не менять. Прежде всего я взялся за бар — надо было избавиться от всяких штуковин и прибамбасов, которыми толком никто не пользовался, переделать все, что мешало замыслу дизайнера, и вообще превратить его в более функциональное заведение. Еще капитально переоборудовать звукоусилительную систему и кондиционеры. Придумать новое меню. Переговорил со всеми работниками, выслушал, что они об этом думают, и составил подробный список того, что и где нужно поправить. Список получился довольно длинный. Я в деталях изложил дизайнеру, каким видится мне новый бар, попросил его нарисовать эскизы и чертежи. Поправил его творение и отдал на переделку. Так повторялось несколько раз. Я выбирал стройматериалы, выбивал из подрядчиков смету, рассчитывал, сколько надо заплатить за работу. Три недели решал, какие в туалетах повесить мыльницы. Бегал все это время по токийским магазинам, чтобы подыскать идеальный вариант. Что называется, горел на работе. Но именно в этом я тогда больше всего нуждался.

Закончился май, на смену ему пришел июнь. А Симамото все не появлялась. Я стал думать, что больше не увижу ее. «Наверное, я не смогу приходить сюда какое-то время», — написала она. Расплывчатость и неопределенность — «наверное», «какое-то время» — угнетали меня больше всего. Может, она и вернется в один прекрасный день, но нельзя же сидеть на месте и ждать у моря погоды. Так и в идиота превратиться недолго. Поэтому я старался чем-нибудь себя занять. Стал чаще ходить в бассейн — каждое утро проплывал два километра без остановки. Потом поднимался в тренажерный зал в том же здании и ворочал там гири, штанги и другие железяки. Через неделю мои мышцы взбунтовались. Стоя у светофора, я почувствовал, что у меня онемела левая нога, и никак не мог выжать сцепление. Впрочем, мышцы скоро привыкли к нагрузкам, которые надежно защищали от лишних мыслей и помогали концентрировать внимание на обыденных, повседневных мелочах. Я избегал абстрактных размышлений и старался максимально собраться, когда делал что-нибудь. Умываться — значит, умываться. Музыку слушать — только серьезно, сосредоточенно. Иначе я бы просто не выжил.

Летом мы с Юкико часто брали детей и уезжали на уикэнд в Хаконэ, на дачу. На природе, вдалеке от Токио, жена и дочки отдыхали в свое удовольствие — собирали цветы, наблюдали в бинокль за птицами, играли в салочки, плескались в речке. Или просто беззаботно дремали в саду. «И ничего-то они не знают», — думал я. А ведь застрянь тогда наш самолет в занесенной снегом Исикаве, и я элементарно мог бы все бросить и остаться с Симамото. Был готов в тот день, не задумываясь, отказаться от работы, семьи, денег. Все мои мысли были о Симамото. Я все не мог забыть, как обнимал ее тогда за плечи, как коснулся губами щеки. Пробовал выбросить ее из головы, вообразить жену на ее месте. Бесполезно. Никто понятия не имел, что творится у меня в голове, так же, как и я никогда не мог догадаться, о чем думает Симамото.

Остаток лета я решил потратить на переоборудование бара. Жена жила с дочками в Хаконэ, я же оставался в Токио — следил за тем, как идут работы, отдавал распоряжения, а в свободную минуту отправлялся в бассейн или тренажерный зал. Приезжал в Хаконэ в конце недели, брал дочек и шел с ними в отель «Фудзия», где тоже был бассейн. Потом обедали все вместе. Ну а вечером наступало наше с Юкико время.

Жизнь катилась вперед, неотвратимо приближаясь к порогу, за которым о человеке говорят: «средних лет». Но пока я был в хорошей форме — ни капли лишнего жира, волосы еще густые и ни одного седого. Организм сбоев пока не давал — вот что значит спорт. Здоровый образ жизни, никаких излишеств и диета. Я никогда не болел, и больше тридцати мне не давали.

Жена любила за меня подержаться — провести рукой по груди, ощупывая выпуклости мышц, погладить плоский живот, потеребить и поиграть тем, что ниже. Она тоже регулярно ходила в зал, но стройнее от этого не становилась.

— Что поделаешь! Это возраст, наверное, — вздыхала она. — И вес вроде уменьшается, а жир с боков никак не сгоню.

— Ты мне и так нравишься. С тобой все в порядке, не мучай себя этой физкультурой, диетами разными. Ты же совсем не толстая, — говорил я. И это была правда. Я в самом деле любил ее полноватое, мягкое тело. Мне доставляло удовольствие гладить ее по голой спине.

— Ничего ты не понимаешь, — качала головой Юкико. — Тебе легко говорить: все в порядке. Знаешь, чего мне стоит не толстеть?

Со стороны могло показаться, что у нас все идеально. Я и сам иногда так думал. Дело мое мне нравится и приносит хороший доход. Квартира на Аояма, дача в Хаконэ, «БМВ», «чероки»... Безупречная, счастливая семья. Жену и дочек я люблю. Что еще человеку надо? Вот подойдут Юкико с девчонками, воображал я, и начнут просить: «Папочка, дорогой! Ну скажи, что сделать, чтобы мы еще лучше стали, чтобы ты еще сильнее нас любил?» А мне и сказать нечего. Всем доволен. Лучшей жизни и представить трудно.

Однако с тех пор как Симамото снова куда-то пропала, временами мне стало казаться, что я живу в безвоздушном пространстве, как бы на Луне. Если я ее больше не увижу, никого у меня на этом свете не останется, перед кем можно душу открыть. Лежу ночью, сон не идет, а перед глазами одно и то же — занесенный снегом аэропорт Комацу. Я надеялся, что со временем воспоминания поблекнут. Ничего подобного. Чем чаще всплывал в памяти тот день, тем отчетливее и ярче рисовалась эта картина. Надпись «задерживается» на табло аэропорта напротив указателя рейса «Дзэнникку»[1] на Токио; снег за окном валит так, что в пятидесяти метрах ничего не видно. Симамото, в темно-синей куртке, с шеей, обмотанной шарфом, съежилась на скамейке. Запах ее тела, смешанный со слезами и печалью. Он оставался со мной до сих пор. А рядом тихо посапывала во сне жена. Спит

---

[1] Японская авиакомпания.

и ничего не знает. Я закрыл глаза и тряхнул головой. *Она ничего не знает.*

Перед глазами вставали заброшенная автостоянка у боулинга, Симамото... Я растапливаю во рту снег и вливаю воду прямо ей в губы. Мы сидим в самолете, я обнимаю ее. Ее закрытые глаза; из чуть приоткрытого рта вырывается дыхание. Ее тело, мягкое, усталое. Тогда я был ей нужен, и сердце ее было для меня открыто. А что я сделал? Остался в этом мире, таком же пустом и безжизненном, как лунная поверхность. И чем кончилось? Она меня бросила, и вся жизнь оказалась перечеркнутой.

Воспоминания не давали спать. Я поднимался среди ночи и больше не мог заснуть. Шел на кухню, наливал виски и со стаканом в руке долго смотрел на темнеющее за окном кладбище и огни проносившихся внизу автомобилей. Как долго тянулись эти темные предрассветные часы. Умел бы я плакать, может, было бы не так тяжко. Но из-за чего плакать? И о ком? С какой стати плакать о других? Для этого во мне слишком много эгоизма. А о себе плакать? Смешно в моем возрасте.

А потом наступила осень. И я окончательно решил: так жить дальше нельзя.

13

Утром, доставив дочек в сад, я, как обычно, поехал в бассейн, чтобы отмерить положенные две тысячи метров. Я плыл как рыба — обыкновенная рыба, которой не надо ни о чем думать. Даже о том, куда и как плыть. Просто сам по себе. После бассейна ополоснулся в душе и, переодевшись в майку и шорты, пошел качаться в зал.

Потом поехал в офис (я снимал под него однокомнатную квартиру) и засел за бухгалтерию — надо было рассчитать зарплату персоналу, поработать над планом перестройки «Гнезда малиновки», которой я собирался заняться в феврале. Ровно в час, как обычно, отправился домой обедать.

Юкико сообщила, что утром звонил ее отец:

— Весь в делах, как всегда. Об акциях что-то говорил. Сказал, что надо покупать. Где-то закрытую информацию получил: они должны сейчас быстро пойти вверх. Какие-то особенные акции, не обычные. Можно хорошо заработать. Гарантию дает.

— Что это он? Если такая выгода, зачем нам рассказывать? Взял бы и сам купил.

— Сказал, что отблагодарить тебя таким образом хочет. В знак признательности. Ты, мол, знаешь, за что. Я не в курсе. Свою долю нам уступил. Собери-ка, говорит, все деньги, какие есть, и не волнуйся. Навар будет, что надо.

Я положил вилку на тарелку со спагетти.

— И что дальше?

— Времени мало было. Ну, я позвонила в банк, закрыла два наших счета и перевела деньги в страховую компанию, господину Накамуре, чтобы он сразу купил акции, о которых отец говорил. Почти восемь миллионов иен набралось. Может, надо было больше купить?

Я взял стакан и сделал несколько глотков, пытаясь отыскать нужные слова:

— Что же ты сначала со мной не посоветовалась?

— О чем? — недоуменно спросила Юкико. — Ты же всегда покупаешь, если отец говорит. Я сама сколько раз уже так делала. Ты же говорил: действуй, как он велит. И в этот раз так же было. Отец сказал: «Надо срочно покупать. Времени в обрез». Я так и сделала. До тебя ведь не доберешься — ты в бассейне. В чем же тогда дело?

— Да ни в чем. Но я хочу, чтобы ты продала эти акции, — проговорил я.

— Продала? — Юкико сощурилась как от яркого света.

— Продай все, что сегодня купила, а деньги положи обратно в банк.

— Но тогда придется комиссионные платить. Банк возьмет большую комиссию.

— Ничего, — сказал я. — Заплатим. Еще раз говорю: надо все продать.

Юкико вздохнула:

— Что произошло? Чего вы с отцом не поделили?

Я не отвечал.

— Ты можешь сказать, в чем дело?

— Послушай, Юкико. Честно тебе скажу: мне все это опротивело. Все эти спекуляции с акциями. Я сам хочу зарабатывать, своими собственными руками. И до сих пор это у меня вроде бы неплохо получалось. Тебе что? Денег не хватает?

— Я все знаю. Конечно же, ты замечательно ведешь дела, и жаловаться мне не на что. Ты же знаешь, как я тебе благодарна и уважаю тебя. Но ведь отец хотел нам помочь. Он так хорошо к тебе относится.

— Все ясно. А ты знаешь, что такое инсайдерская информация? Когда стопроцентную гарантию прибыли обещают, знаешь как это называется?

— Нет.

— Это называется «манипуляции с акциями». Понятно? Кто-то в какой-то фирме умышленно затевает с акциями игру, проворачивая разные комбинации, искусственно увеличивает прибыль, а потом делит ее со своими компаньонами. Эти денежки текут в карманы политикам, идут на взятки. Это совсем не те акции, что твой отец рекомендовал нам покупать раньше. На тех акциях тоже можно нажиться. То, что он о них рассказывал, — полезная информация, не более того. Те акции тоже в основном растут, но с ними всякое может быть, курс ведь колеблется и не обязательно только вверх идет. А эти бумаги — совсем другое дело. От них плохо пахнет. Я с ними связываться не желаю.

Юкико задумалась, не выпуская из рук вилку.

— А это правда манипуляции? Ты наверняка знаешь?

— Хочешь — спроси у отца. Но я точно могу сказать: акций, в которых не заложен риск потерять деньги, не бывает. И если кто-то говорит: «Ерунда! Есть такие акции!» — значит, что-то нечисто. Мой отец до самой пенсии, почти сорок лет, пахал в страховой компании. С утра до вечера, на совесть. И оставил после себя крошечный домик. Бог с ним. Может, он от рождения такой бестолковый оказался. Но мать? Каждый вечер подсчитывала, сколько денег мы сегодня потратили: не дай бог, семейный бюджет на сто-двести иен не сойдется. Понимаешь, в какой семье я рос? А ты говоришь: всего восемь миллионов собрала! Это же настоящие деньги, Юкико, не бумажки, которыми расплачиваются, когда в «монополию» играют. Люди за такие деньги каждый день давятся в битком набитых электричках, берут свехурочную работу, вертятся как белки в колесе и все равно — у них за год столько не выходит. Я восемь лет так жил и никогда столько не зарабатывал. Мечтать не мог о восьми миллионах. Хотя тебе, наверное, этого не понять.

Юкико сидела молча, крепко прикусив губу и уставившись в свою тарелку. Я заметил, что уже почти кричу, и сбавил тон.

— Ты легко можешь сказать, что за полмесяца мы с вложенных денег вдвое больше получим. Было восемь миллионов, станет шестнадцать. Но мне кажется, нельзя так думать. Неправильно это. Я чувствую, как мало-помалу втягиваюсь в авантюру, незаметно становлюсь ее участником. Будто в пустоту проваливаюсь.

Юкико посмотрела на меня через стол. Ничего не говоря, я снова принялся за еду. Внутри все дрожало. Что это? Раздражение? Злость? Что бы ни было, я никак не мог унять эту непонятную дрожь.

— Извини. Я вовсе не собиралась лезть не в свое дело, — тихо промолвила Юкико после затянувшейся паузы.

— Ничего. Я тебя ни в чем не виню. Я вообще никого не виню, — отозвался я.

— Я прямо сейчас позвоню. Пусть продают. Все, до единой акции. Только не злись больше.

— А я и не злюсь.

В наступившей тишине мы продолжили трапезу.

— По-моему, ты что-то хочешь мне сказать, — не выдержала Юкико, заглядывая мне в глаза. — Что ты молчишь? Может, тебе неприятно об этом говорить? Ничего. Я все готова сделать, только скажи. Конечно, я балда — ни в чем не разбираюсь, а в бизнесе и подавно, но я не могу, когда у тебя такой несчастный вид. Не делай кислое лицо, пожалуйста. Ну скажи: чем ты недоволен?

Я покачал головой:

— Я ни на что не жалуюсь. Мне нравится то, чем я сейчас занимаюсь, только надо кое-что переделать. И тебя я люблю. Единственное — иногда меня не устраивает, как твой отец ведет дела. Я против него ничего не имею. Он и в этот раз из лучших побуждений действовал. Спасибо. Так что я не злюсь. Просто временами никак не могу понять, что же я за человек такой. То я делаю или не то. Никак не пойму. Но я не злюсь.

— А вид у тебя все равно злой.

Я вздохнул.

— Вот! Опять вздыхаешь, — не унималась Юкико. — Нет, все-таки тебя что-то раздражает. Все думаешь, думаешь...

— Ну я не знаю.

Юкико не сводила с меня глаз.

— Что у тебя в голове? Если бы я только знала! Может, помогла бы чем-нибудь.

Мне вдруг страшно захотелось тут же, на месте, все ей рассказать. Выложить начисто, облегчить душу. И не надо будет больше ничего скрывать, притворяться, врать. «Послушай, Юкико! Я люблю одну женщину. Я не могу без нее. Не раз хотел с ней порвать, семью сохранить, компанию нашу, тебя, девчонок... Ничего не получается. Я так больше не могу. Все! Увижу ее в следующий раз — меня уже ничто не удержит. Она у меня из головы не выходит — и в постели с тобой о ней думаю, и когда сам с собой этим занимаюсь».

Понятно, ничего такого я не сказал. Какой толк от подобных признаний — легче все равно никому не станет.

Покончив с обедом, я вернулся в офис и взялся было опять за работу, однако голова не варила совершенно. Надо же. Такого Юкико наговорил... Кто меня за язык тянул? Нет, сказано-то все правильно, но не мне это говорить. Я вру ей самым бессовестным образом, тайком встречаюсь с Симамото. У меня права нет говорить такие вещи. Юкико за меня переживает. По-настоящему, всерьез. А как я живу? Верю я вообще во что-нибудь? Есть во мне хоть какое-то постоянство? Меня точно парализовало от этих мыслей — пальцем шевелить не хотелось.

Закинув ноги на стол и зажав в кулаке карандаш, я тупо глазел в окно. Оно выходило на детскую площадку, где в хорошую погоду любили сидеть мамаши со своими отпрысками. Детишки копались в песочнице, катались с горки, а родительницы поглядывали на них и судачили. Глядя на малышей, я вспомнил своих девчонок. Захотелось взять в руки их теплые ладошки и, как обычно, повести гулять. Но мысли о дочках опять привели к Симамото. Я представил ее чуть приоткрытые губы. Дочери вылетели у меня из головы. Ни о ком, кроме нее, я думать не мог.

Выйдя из офиса, я зашагал по Аояма и заглянул в кафе, где мы часто пили кофе с Симамото. Достал книгу и читал, пока не надоело, потом опять вернулся мыслями к ней. Вспомнилось, как достав сигарету из пачки «Сэлема», она подносит к ней зажигалку, как беспечно поправляет челку, как чуть наклоняет голову, когда смеется. Больше сидеть одному было невмоготу, и я решил прогуляться до Сибуя. Мне нравилось бродить по улицам, разглядывать дома и магазины, наблюдать за людьми. Нравилось передвигаться по городу на своих двоих. Но сейчас вокруг было тоскливо и пусто. Казалось, здания потеряли форму, деревья поблекли, люди утратили живые чувства, лишились мечты.

Я забрел в полупустой кинотеатр и вперился в экран. Когда фильм кончился, вышел на улицу. Уже вечерело. Съел что-то в первом попавшемся ресторане. Площадь перед вокзалом затопили потоки служащих, спешивших домой с работы. Одна за другой в ускоренном темпе, как в старом кино, подлетали электрички, проглатывали толпившихся на платформах людей и уносились. Здесь десять лет назад я и заметил Симамото. Сколько времени прошло! Мне тогда было двадцать восемь, я еще не женился. А Симамото еще хромала. На ней был красный плащ и большие солнечные очки. С вокзальной площади она пошла к Аояма. Казалось, это было тысячу лет назад.

И вот опять все встало у меня перед глазами. Предновогодняя толчея, походка Симамото, каждый угол, который мы огибали, затянутое облаками небо, бумажный пакет из универмага у нее в руке, чашка кофе, к которой она так и не притронулась, рождественские песни... Ну почему я не окликнул ее? Я задавал себе этот мучительный вопрос снова и снова. Ничто меня не связывало, мне нечего было тогда терять. Я мог крепко прижать ее к себе, и мы бы ушли вместе. Куда? Да какое это имеет значение! Что бы там ни было у Симамото, каковы бы ни были обстоятельства, мы наверняка бы все преодолели. Но я не воспользовался этим шансом, потерял его навсегда в тот момент, когда меня схватил за руку тот таинственный незнакомец средних лет, а Симамото села в такси и укатила неизвестно куда.

Я вернулся на Аояма совсем вечером, в переполненном метро. Пока сидел в кино, погода испортилась — на небо наползли тяжелые, пропитанные водой тучи, которые могли прохудиться в любую минуту. Я был без зонтика и в том же наряде, в каком утром ушел в бассейн, — в куртке яхтсмена, джинсах и кроссовках. По идее, надо было забежать домой переодеться — обычно я появлялся в своих заведениях в костюме — но я решил, что и так сойдет. Один раз можно и без галстука обойтись. Вреда не будет.

С семи часов зарядил дождик. Настоящий осенний — тихий, затяжной. Сначала, как обычно, я заглянул в бар, посмотреть, как дела. Там все переделали, как я хотел, до мельчайших деталей. Не зря планы рисовал и торчал там все время, пока строители работали. Бар сделался гораздо уютнее, удобнее. Эффект от мягкого освещения усиливала музыка. В глубине помещения устроили отдельную кухню. Я нанял классного повара, с которым мы составили меню из довольно простых, но оригинальных блюд. Никаких излишеств. Такое мог приготовить только настоящий мастер. В конце концов, все это лишь закуска под выпивку, и нельзя заставлять людей тратить на нее много времени. Меню каждый месяц придумывали новое. Отыскать такого повара было нелегко, но я все-таки нашел, хотя обходился он мне дорого. Гораздо дороже, чем я рассчитывал. Впрочем, он стоил таких денег, и я был доволен. Клиенты, похоже, — тоже.

В начале десятого я прихватил зонтик и направился в «Гнездо малиновки». А в половине десятого туда явилась Симамото. Странно: она всегда выбирала для своих визитов тихие дождливые вечера.

14

На ней было белое платье, а поверх него — свободный темно-синий жакет. На воротнике брошка — маленькая серебряная рыбка. Платье самое простое, без украшений, но на Симамото оно смотрелось сногсшибательно. С тех пор как мы встречались в последний раз, она немного загорела.

— Я думал, мы больше не увидимся, — сказал я.

— Ты так каждый раз говоришь, когда меня видишь, — рассмеялась она, усаживаясь, как прежде, рядом со мной на табурет и кладя руки на стойку. — Но я же тебе записку оставила, что какое-то время меня не будет.

— *Какое-то время* — понятие относительное. Особенно для того, кто ждет, — заметил я.

— Но ведь бывает, по-другому и не скажешь.

— «Бывает» — тоже довольно абстрактное словечко.

— Пожалуй, ты прав. — На лице Симамото появилась ее привычная улыбка, напомнившая легкий порыв ветерка, прилетевший откуда-то. — Извини. Не хочу оправдываться, но я в самом деле ничего не могла сделать. Не было у меня других слов.

— Чего ж тут извиняться? Ведь я тебе говорил: это бар. Когда хочешь, тогда и приходишь. Я к этому привык. Не обращай внимания — это я так, про себя.

11 – 9866

Симамото заказала бармену коктейль и пристально посмотрела на меня.

— Что это ты сегодня так оделся, по-домашнему?

— Пошел утром в бассейн и не переоделся. Времени не хватило, — ответил я. — Но так тоже, по-моему, неплохо. Я так больше на себя похож.

— И выглядишь моложе. Тридцать семь тебе никак не дашь.

— И тебе.

— Но и двенадцать не дашь.

— Двенадцать не дашь, — повторил я за ней.

Бармен подал Симамото коктейль. Она сделала глоток и мягко прикрыла глаза, будто стараясь разобрать какие-то едва слышные звуки. Я увидел у нее над веками все те же маленькие складочки.

— Знаешь, Хадзимэ, как я ваши коктейли вспоминала? Так хотелось! У тебя здесь они какие-то особенные получаются.

— Ты куда-то ездила? Далеко?

— Почему ты так подумал? — спросила Симамото.

— Ты так выглядишь... — сказал я. — За тобой будто шлейф тянется... Из долгих дальних странствий возвратясь...

Симамото подняла на меня взгляд и кивнула.

— Я долго... — начала было и осеклась, точно вспомнила что-то. Казалось, она пытается подобрать слова и не находит их. Закусила губу и снова улыбнулась. — Все равно. Прости, пожалуйста. Надо было, конечно, как-то дать о себе знать. Но мне хотелось, чтобы некоторые вещи оставались такими, какие есть. Замороженными в том же виде. Приду я сюда или не приду... Приду — значит, я здесь. Не приду — выходит, я где-то в другом месте.

— И никогда посередине?

— Никогда, — заявила Симамото. — Потому что посередине ничего нет.

— А там, где посередине ничего нет, нет и самой середины, — объявил я.

— Совершенно верно.

— Иначе говоря, где нет собаки, не может быть и конуры?

— Точно, — сказала она и насмешливо взглянула на меня. — Должна сказать, у тебя оригинальное чувство юмора.

Музыканты заиграли «Несчастных влюбленных». Они часто исполняли эту вещь. Какое-то время мы сидели, молча слушая музыку.

— Вопрос можно?

— Конечно, — сказал я.

— Какая у тебя связь с этой мелодией? — поинтересовалась Симамото. — Я заметила, когда ты здесь, они всегда ее играют. Обязательный номер программы?

— Я бы не сказал. Просто ребята хотят сделать мне приятное. Знают, что она мне нравится, вот и играют.

— Замечательная вещь.

— Очень красивая, — кивнул я. — И непростая. Я это понял, когда несколько раз ее послушал. Не каждый музыкант такое сыграет. «Несчастные влюбленные». Дюк Эллингтон и Билли Стрэйхорн. Старая уже. 1957 год, по-моему.

— Интересно, а почему она так называется — «Несчастные влюбленные»?

— Ну, имеются в виду влюбленные, которые родились под несчастливой звездой. Не повезло людям, понимаешь? В английском языке специальное слово есть — «star-crossed». Это о Ромео и Джульетте. Эллингтон и Стрэйхорн написали сюиту для шекспировского фестиваля в Онтарио, и «Влюбленные» — одна из ее частей. Первыми ее исполнили Джонни Ходжес — он на альт-саксофоне был за Джульетту, а Пол Гонсалвес на тенор-саксе за Ромео.

— Влюбленные, родившиеся под несчастливой звездой, — проговорила Симамото. — Будто про нас сказано.

— Мы с тобой что — влюбленные?

— А разве нет?

Я взглянул на нее. Она больше не улыбалась. Лишь в глазах будто бы мерцали еле заметные звездочки.

— Я ничего о тебе не знаю, — проговорил я. — Смотрю тебе в глаза и все думаю: «Абсолютно ничего». Разве что совсем немножко о том времени, когда тебе было двенадцать лет. Жила по соседству девчонка, учились в одном классе... Но это когда было? Двадцать пять лет назад. Все твист танцевали, на трамваях ездили. Ни кассетников, ни прокладок, ни «синкансэна», ни диетических продуктов. В общем, давно. Вот и все, что я о тебе знаю. Все остальное — тайна, покрытая мраком.

— Это у меня в глазах написано? Про тайну?

— Ничего у тебя не написано. Это у меня написано, а у тебя в глазах только отражается. Не волнуйся.

— Хадзимэ, — сказала Симамото. — Это, конечно, свинство, что я ничего тебе не рассказываю. Правда, свинство. Но это от меня не зависит. Не говори ничего больше.

— Ладно, не бери в голову. Это я так, про себя. Я ведь говорил уже.

Она поднесла руку к воротнику жакета и, поглаживая пальцами рыбку-брошку, молча слушала джаз. Мелодия кончилась, она похлопала музыкантам и пригубила коктейль. Потом, глубоко вздохнув, обернулась ко мне.

— Да, полгода — это много. Зато теперь я, может быть, какое-то время смогу сюда приходить.

— Волшебные слова, — сказал я.

— Волшебные слова? — переспросила Симамото.

— *Может быть, какое-то время...*

Она с улыбкой посмотрела на меня. Достала из сумочки сигареты, прикурила от зажигалки.

— Иногда я смотрю на тебя и думаю, что вижу далекую звезду, — продолжал я. — Она так ярко светит, но свет от нее идет десятки тысяч лет. Может статься, и звезды-то уже нет. А он все равно как настоящий. Такой реальный... Реальнее ничего не бывает.

Симамото не отвечала.

— Вот ты пришла. Ты здесь. Или, по крайней мере, мне так кажется. Хотя, может, это и не ты, а всего-навсего твоя тень. А ты на самом деле где-нибудь в другом месте. А может, тебя уже нет. Может, ты исчезла давным-давно. Я вообще перестаю что-либо понимать. Протягиваю руку — хочу убедиться, что ты здесь, а ты опять прячешься за этими словечками — «может быть», «какое-то время». Так и будет продолжаться?

— Боюсь, что да. Пока, — вымолвила Симамото.

— Своеобразный у тебя юмор, однако, — сказал я. И улыбнулся.

Она ответила своей улыбкой — словно после дождя тихо раздвинулись тучи и сквозь них пробился первый солнечный луч. Улыбка собрала в уголках ее глаз теплые маленькие морщинки, сулившие нечто необыкновенное.

— Хадзимэ, а я тебе подарок принесла.

С этими словами Симамото протянула мне большой конверт, обернутый в красивую бумагу и перевязанный красной ленточкой.

— Похоже на пластинку, — предположил я, взвешивая конверт в руке.

— Диск Ната Кинга Коула. Тот самый, который мы с тобой тогда слушали. Помнишь? Дарю.

— Спасибо. А ты как же? Память об отце все-таки.

— Ничего. У меня другие пластинки остались. А эта — тебе.

Я рассматривал упакованную в бумагу пластинку с ленточкой; и шум голосов, и звучавшая в клубе музыка уплывали куда-то далеко-далеко, словно их уносило стремительным течением. Остались только мы вдвоем. Все остальное — иллюзия, зыбкие декорации из папье-маше. Настоящими были только мы — я и Симамото.

— Послушай, давай поедем куда-нибудь и послушаем вместе, — предложил я.

— Было бы здорово.

— У меня в Хаконэ дача. Там никто не живет, и стереосистема есть. Сейчас мы туда за полтора часа доберемся.

Симамото посмотрела на часы, перевела взгляд на меня.

— Ты прямо сейчас собрался ехать?

— Да.

Она сощурилась, точно всматривалась куда-то вдаль.

— Уже одиннадцатый час. До Хаконэ, потом обратно. Когда же мы вернемся? А как же ты?

— Никаких проблем. Ты как?

Еще раз убедившись который час, Симамото опустила веки и просидела так секунд десять. А когда открыла глаза, лицо ее было совсем другим — словно за эти мгновения она успела перенестись в неведомую даль и вернуться, оставив там что-то.

— Хорошо. Едем.

Подозвав парня, который был в клубе за распорядителя, я сказал, что ухожу, и попросил его сделать, что положено, когда заведение закроется, — опечатать кассу, разобрать счета и положить выручку в банковскую ячейку, куда у нас был доступ и ночью. Проинструктировав его, сходил домой за «БМВ», который стоял в подземном гараже. Из ближайшего автомата позвонил жене и сообщил, что еду в Хаконэ.

— Прямо сейчас? — удивилась она. — В Хаконэ? В такое время?

— Мне обдумать кое-что надо.

— Сегодня, выходит, уже не вернешься?

— Скорее всего, нет.

— Извини, Хадзимэ. Я долго думала и поняла, что глупость сделала. Ты был прав. Акции я продала, все. Приходи домой, хорошо?

— Юкико, я на тебя не сержусь. Совершенно. Забудь ты об этом. Просто я хочу подумать. Мне нужен всего один вечер.

Жена довольно долго молчала, пока наконец я не услышал:

— Хорошо. — Ее голос показался мне страшно усталым. — Поезжай. Только будь осторожен за рулем. Дождь идет.

— Буду.

— Знаешь, я что-то запуталась, — говорила Юкико. — Я тебе мешаю?

— Совершенно не мешаешь, — отозвался я. — Ты тут ни при чем. Скорее, дело во мне. И не переживай, пожалуйста. Мне просто подумать хочется. Вот и все.

Я повесил трубку и поехал к бару. Похоже, все это время Юкико думала о нашем разговоре за обедом, прокручивала в голове, что нами было сказано. Я понял это по ее голосу — такому усталому и растерянному, — и на душе стало тошно. Дождь все лил, не переставая. Я открыл Симамото дверцу машины.

— Ты никому звонить не будешь? — спросил я.

Она молча покачала головой и, повернувшись к окну, прижалась лицом к стеклу, как тогда, когда мы возвращались из Ханэды.

Дорога до Хаконэ была свободна. В Ацуги мы съехали с «Томэя»[1] и по местному хайвею помчались в сторону Одавары. Стрелка спидометра колебалась между 130 и 140. Дождь временами превращался в настоящий ливень, но это была моя дорога — я ездил по ней множество раз и знал каждую извилину, каждый уклон и подъем. За всю дорогу мы едва обменялись несколькими фразами. Я тихо включил квартет Моцарта и сосредоточился на дороге. Симамото, не отрываясь, смотрела в окно, погруженная в свои мысли, и изредка поглядывала в мою сторону. Под ее взглядом у меня начинало першить в горле. Чтобы унять волнение, мне пришлось несколько раз сглотнуть слюну.

— Хадзимэ, — заговорила Симамото, когда мы проезжали Кодзу. — Что-то ты не очень джаз слушаешь. Только у себя в клубе, да?

— Правда. Почти не слушаю. Классику предпочитаю.

— Что так?

— Потому, наверное, что джаза на работе хватает. Чего-то другого хочется. Классики или рока... Но не джаза.

— А жена твоя что слушает?

— Ей как-то музыка не очень. Что я слушаю — то и она. Даже не помню, чтобы она пластинки заводила. По-моему, она и проигрывателем пользоваться не умеет.

---

[1] Скоростная автомобильная дорога в центральной части о. Хонсю.

Симамото протянула руку к коробке с кассетами и достала пару штук. На одной из них были детские песенки, которые мы распевали с дочками по дороге в детсад, — «Пес-полицейский», «Тюльпан»... Она с удивлением, как на диковину, посмотрела на кассету с нарисованным на ней Снупи.

— Хадзимэ, — помолчав продолжала она, переведя взгляд на меня. — Вот ты рулишь, а я думаю: сейчас бы взять и крутануть руль в сторону. Мы тогда разобьемся, да?

— На скорости 130 — наверняка.

— Ты не хотел бы вот так умереть вместе?

— Не самый лучший вариант, — рассмеялся я. — И потом, мы еще пластинку не послушали. Мы же за этим едем, правильно?

— Ладно, не буду. Иногда лезет в голову всякая чушь.

Ночи в Хаконэ стояли прохладные, хотя было только начало октября. На даче я включил свет и зажег газовую печку в гостиной. Достал из шкафа бокалы и бутылку бренди. Скоро в комнате стало тепло, мы уселись вместе на диван, как когда-то, и я поставил пластинку Ната Кинга Коула. Огонь из печки отражался в бокалах красноватыми отблесками. Симамото сидела, подобрав под себя ноги, одна рука лежала на спинке дивана, другая — на коленях. Все, как прежде. В школе она стеснялась показывать свои ноги, и эта привычка осталась до сих пор — даже после операции. Нат Кинг Коул пел «К югу от границы». Как давно я не слышал эту мелодию...

— В детстве, когда я ее слушал, мне страшно хотелось узнать, что же такое находится там, к югу от границы.

— Мне тоже, — сказала Симамото. — Знаешь, как меня разочаровало, когда я выросла и прочитала слова песни по-английски. Оказалось, он просто о Мексике поет. А я думала, там что-то такое...

— Какое?

Симамото провела рукой по волосам, собирая их на затылке.

— Не знаю. Что-то очень красивое, большое, мягкое.

— Что-то очень красивое, большое, мягкое, — повторил я. — Съедобное?

Она расхохоталась, блеснув белыми зубками:

— Вряд ли.

— Ну, а потрогать-то можно хотя бы?

— Может быть.

— Опять *может быть!*

— Что ж поделаешь, раз в мире так много неопределенности, — ответила Симамото.

Я протянул руку к спинке дивана и дотронулся до ее пальцев. Я так давно не прикасался к ней — с того самого дня, когда мы улетали в Ханэду из аэропорта Комацу. Ощутив мое прикосновение, она подняла на меня глаза и тут же опустила.

— К югу от границы, на запад от солнца, — проговорила Симамото.

— А на запад от солнца — там что?

— Есть места. Ты слыхал о такой болезни — сибирская горячка?

— Не приходилось.

— Я когда-то о ней читала. Давно. Еще в школе, классе в восьмом-девятом. Не помню только, что за книжка... В общем, ею болеют в Сибири крестьяне. Представь: вот ты крестьянин, живешь один-одинешснек в этой дикой Сибири и каждый день на своем поле горбатишься. Вокруг — никого, насколько глаз хватает. Куда ни глянь, везде горизонт — на севере, на востоке, на юге, на западе. И больше ничего. Утром солнце на востоке взойдет — отправляешься в поле; подойдет к зениту — значит, перерыв, время обедать; сядет на западе — возвращаешься домой и спать ложишься.

— Да, не то что бар держать на Аояма.

— Да уж, — улыбнулась Симамото и чуть наклонила голову. — Совсем не то. И так каждый день, из года в год, из года в год.

— Но зимой в Сибири на полях не работают.

— Зимой, конечно, отдыхают, — согласилась она. — Зимой дома сидят, там тоже работы хватает. А приходит весна — опять в поле. Вот и представь, что ты такой крестьянин.

— Представил.

— И приходит день, и что-то в тебе умирает.

— Умирает? Что ты имеешь в виду?

— Не знаю, — покачала головой Симамото. — Что-то такое... Каждый день ты видишь, как на востоке поднимается солнце, как проходит свой путь по небу и уходит на западе за горизонт, и что-то в тебе рвется. Умирает. Ты бросаешь плуг и тупо устремляешься на запад. На запад от солнца. Бредешь день за днем как одержимый — не ешь, не пьешь, пока не упадешь замертво. Это и есть сибирская горячка — hysteria siberiana.

Я вообразил лежащего на земле мертвого сибирского крестьянина и поинтересовался:

— Но что там, к западу от солнца?

Симамото опять покачала головой.

— Я не знаю. Может, ничего. А может, и есть *что-то*. Во всяком случае — не то, что к югу от границы.

Нат Кинг Коул запел «Вообрази», и Симамото, как раньше, стала тихонько напевать:

Пуритэн ню'а хапи бэн ню'а бру
Итизн бэри ха'то ду

— Знаешь, — заговорил я, — когда ты куда-то пропала в последний раз, я столько о тебе думал. Почти полгода, каждый день, с утра до вечера. Пробовал заставить себя не думать, но ничего не вышло. И вот что я решил. Не хочу, чтобы ты опять уходила. Я не могу без тебя и не собираюсь снова тебя терять. Не хочу больше слышать: «какое-то время», «может быть»... Ты говоришь: какое-то время мы не сможем видеться, — и куда-то исчезаешь. И никому не известно, когда же ты вернешься. Никаких гарантий. Ты вообще можешь не вернуться, и что? Дальше жить без тебя? Я не выдержу. Без тебя все теряет всякий смысл.

Симамото молча смотрела на меня с все той же легкой, спокойной улыбкой, на которую не могло повлиять ничто. Но понять, что творится в ее душе, было невозможно. Бог знает, что скрывалось за этой улыбкой. Перед ней я на какое-то мгновение словно лишился способности чувствовать, лишился всех ощущений и эмоций. Перестал понимать, кто я такой и где я. И все-таки слова, которые надо было сказать, нашлись:

— Я тебя люблю. Правда. Так у меня ни с кем не было. Это что-то особенное, такого больше никогда не будет. Я уже столько раз тебя терял. Хватит. Я не должен был тебя отпускать. За эти месяцы я окончательно понял: я люблю тебя, не могу без тебя жить и не хочу, чтобы ты уходила.

Выслушав мою тираду, Симамото закрыла глаза. Наступила пауза. В печке горел огонь, Нат Кинг Коул пел свои старые песни. «Хорошо бы еще что-то сказать», — подумал я, но больше в голову ничего не приходило.

— Выслушай меня, Хадзимэ, — наконец заговорила Симамото. — Внимательно выслушай — это очень важно. Я уже тебе как-то говорила: серединка на половинку — такая жизнь не по мне. Ты можешь получить все или ничего. Вот главный принцип. Если же ты не против, чтобы все оставалось как есть, пусть остается. Сколько это продлится — не знаю; постараюсь, чтобы подольше. Когда я смогу, мы будем встречаться, но если нет — значит, нет. Я не буду являться по твоему зову, когда тебе захочется. Пойми. А если тебя это не устраивает и ты не хочешь, чтобы я опять ушла, бери меня всю, целиком, так сказать, со всем наследством. Но тогда и ты нужен мне весь, целиком. Понимаешь, что это значит?

— Понимаю, — сказал я.

— И все же хочешь, чтобы мы были вместе?

— Это уже решено. Я все время думал об этом, пока тебя не было. И решил.

— Погоди, а жена как же? Дочки? Ведь ты их любишь, они тебе очень дороги.

— Конечно, люблю. Очень. И забочусь о них. Ты права. И все-таки чего-то не хватает. Есть семья, работа. Все замечательно, грех жаловаться. Можно подумать, что я счастлив. Но чего-то недостает. Я это понял год назад, когда снова тебя увидел. Что мне еще нужно в жизни? Откуда этот вечный голод и жажда, которые ни жена, ни дети утолить не способны. В целом мире только один человек может такое сделать. Ты. Только с тобой я могу насытить свой голод. Теперь я понял, какой голод, какую жажду терпел все эти годы. И обратно мне хода нет.

Симамото обвила меня руками и прильнула, положив голову на мое плечо. Она прижималась ко мне тепло и нежно.

— Я тоже тебя люблю, Хадзимэ. И всю жизнь только тебя любила. Ты не представляешь, как я люблю тебя. Я всегда о тебе думала — даже когда была с другим. Вот почему я не хотела, чтобы мы снова встретились. Чувствовала — не выдержу. Но не видеть тебя тоже было невозможно. Сначала мне просто хотелось тебя увидеть и все. Я думала этим ограничиться, но когда увидела, не могла не заговорить. — Ее голова по-прежнему лежала у меня на плече. — Я мечтала, чтобы ты меня обнял, еще когда мне было двенадцать. А ты не знал?

— Не знал, — признался я.

— И как же я хотела сидеть так с тобой, обнявшись, без одежды. Тебе, наверное, такое и в голову не приходило?

Я крепче прижал ее к себе и поцеловал. Симамото закрыла глаза и замерла. Наши языки сплелись, я ощущал под ее грудью удары сердца — страстные и теплые. Зажмурившись, представил, как в ее жилах бьется алая кровь. Гладил ее мягкие волосы, вдыхая их аромат, а она требовательно водила руками по моей спине. Пластинка кончилась, проигрыватель отключился и рычаг звукоснимателя автоматически вернулся на место. И снова лишь шум дождя наполнял комнату. Симамото открыла глаза и прошептала:

— Мы все правильно делаем, Хадзимэ? Я действительно тебе нужна? Ты в самом деле собираешься из-за меня все бросить?

— Да, я так решил, — кивнул я.

— Но если бы мы не встретились, ты жил бы спокойно — никаких хлопот, никаких сомнений. Разве нет?

— Может, и так. Но мы встретились, и обратного пути уже нет. Помнишь, ты как-то сказала: что было, того не вернешь. Только вперед. Что будет — то будет. Главное, что мы вместе. Вдвоем начнем все заново.

— Сними одежду, я хочу на тебя посмотреть, — попросила она.

— Ты что, хочешь, чтобы я разделся?

— Угу. Сними с себя все. А я посмотрю. Ты не против?

— Нет, почему же. Если ты так хочешь... — Я начал раздеваться перед печкой — снял куртку, тенниску, джинсы, майку, трусы. Она попросила меня встать голышом на колени. От охватившего меня возбуждения я весь напрягся, отвердел и в смущении стоял перед ней. Чуть отстранившись, Симамото рассматривала меня, а сама даже жакета не сняла.

— Чудно как-то, — рассмеялся я. — Что это я один разделся?

— Какой ты красивый, Хадзимэ, — проговорила она, подвинулась ближе, нежно сжала в пальцах мой пенис и прильнула к моим губам. Положив руки мне на грудь, долго ласкала языком соски, поглаживала волосы на лобке. Прижавшись ухом к пупку, взяла мошонку в рот. Зацеловала всего — с головы до пят. Казалось, она нянчится не со мной, а с самим временем — гладит его, ласкает, облизывает.

— Ты разденешься? — спросил я ее.

— Потом. Я хочу на тебя наглядеться, трогать, ласкать вволю. Ведь стоит мне сейчас раздеться — ты сразу на меня набросишься. Даже если буду отбиваться, все равно не отстанешь.

— Это точно.

— А я так не хочу. Не надо торопиться. Мы так долго шли к этому. Мне хочется сначала хорошенько рассмотреть твое тело, потрогать его руками, прикоснуться губами, языком. Медленно-медленно. Иначе я не смогу дальше. Ты, наверное, думаешь, что я чудачка, но мне это нужно, пойми. Молчи и не возражай.

— Да я совсем не против. Делай, как тебе нравится. Просто ты так меня разглядываешь...

— Но ведь ты мой?

— Конечно, твой.

— Значит, стесняться нечего.

— Нечего. Наверное, я еще не привык.

— Потерпи немного. Я так долго об этом мечтала, — говорила Симамото.

— Мечтала посмотреть на меня? Посмотреть, пощупать, а самой сидеть застегнутой на все пуговицы?

— Именно. Ведь я столько лет мечтала увидеть, какой ты. Рисовала в голове твое тело без одежды. Представляла, какой он у тебя большой и твердый.

— Почему ты об этом думала?

— Почему? — удивилась Симамото. — Ты спрашиваешь «почему»? Я же люблю тебя. Женщина воображает любимого мужчину голым. Что тут плохого? А ты разве об мне так не думал?

— Думал.

— Меня представлял, наверное, когда мастурбировал?

— Было дело. В школе, — сказал я и тут же спохватился. — Хотя нет, что я говорю? Совсем недавно.

— И я так делала. Представляла, какое у тебя тело под одеждой. У женщин тоже такое бывает.

Я снова прижал ее к себе, медленно поцеловал и почувствовал, как во рту движется ее язык.

— Люблю, — выдохнул я.

— Я тоже, Хадзимэ. Только тебя и никого больше. Можно еще посмотреть на тебя?

— Конечно.

Симамото легонько сжала в ладони мои органы.

— Какая прелесть... Так бы и съела.

— С чем же я тогда останусь?

— Но мне хочется! — Она долго не выпускала мою мошонку, как бы прикидывая, сколько она может весить. Медленно и очень аккуратно взяла губами мой детородный орган и посмотрела мне в глаза.

— Можно я сначала буду делать так, как хочу? Разрешаешь?

— Я все тебе разрешаю. Только не ешь, пожалей меня.

— Ты не смотри на то, что я делаю. И не говори ничего, а то я стесняюсь.

— Хорошо, — обещал я.

Я так и стоял на коленях; Симамото обняла меня левой рукой за талию, а свободной рукой, не снимая платья, стянула с себя чулки и трусы и принялась губами и языком облизывать мою плоть. Не выпуская ее изо рта, медленными движениями стала водить рукой у себя под юбкой.

Я молчал. А что, собственно, говорить, если человеку так нравится. При виде того, как работают ее губы и язык, как плавно ходит рука под юбкой, мне вдруг вспомнилась та Симамото, которую я видел на парковке у боулинга. Застывшая, белая словно полотно, и я по-прежнему ясно представлял затаившуюся в глубине ее глаз непроглядную пустоту — такую же ледяную, как скрытая под землей вечная мерзлота. Вспомнилась тишина, глубокая настолько, что в ней без следа тонут любые звуки. И вымерзший, наполненный этой гулкой тишиной воздух.

Тогда впервые в жизни я оказался с глазу на глаз со смертью. Терять близких, видеть, как у тебя на глазах умирает человек, мне до сих пор не приходилось, и я не представлял, что такое смерть. В тот день она предстала передо мной во всем своем омерзении, распростерлась в каких-то сантиметрах от моего лица. «Вот она, смерть!» — подумал я и услышал: «Погоди, когда-нибудь наступит и твой черед». В конце концов, каждому из нас предстоит в одиночестве пройти свой путь к этим бездонным глубинам и погрузиться в источник мрака и пустоты, где никогда не прозвучит ни единый отклик. Столкнувшись лицом к лицу с этой бездонной черной дырой, я испытал парализующий дыхание ужас.

Заглядывая в леденящую душу темную бездну, я громко звал ее: «Симамото-сан! Симамото-сан!», но голос растворялся в нескончаемом ничто. Глаза ее никак не реагировали на мои призывы. Симамото дышала все так же, чуть заметно, и это размеренное, легкое, как дуновение ветерка, дыхание убеждало меня: она еще здесь, на нашем свете. Хотя, судя по глазам, смерть одолевала ее.

Я вглядывался в затопивший глаза Симамото мрак, звал ее и не мог избавиться от чувства, что все глубже проваливаюсь в бездну. Она засасывала меня как вакуум, и силу ее я помню до сих пор. Она по-прежнему хочет достать меня.

Я крепко зажмурился, прогоняя кошмар из головы.

Протянув руку, я погладил ее волосы, коснулся ушей, положил руку на лоб. Тело Симамото было теплым и мягким. Она отдавалась своему занятию с таким увлечением, что, казалось, собиралась высосать из меня саму жизнь. Ее рука двигалась под юбкой между ног, не переставая, будто общаясь с кем-то на особом языке. Наконец Симамото приняла в рот запас моей мужской энергии — все, до последней капли. Рука замерла, глаза закрылись.

— Извини, — послышался ее голос.

— За что же? — удивился я.

— Мне так этого хотелось. Умираю от стыда, но без этого я бы все равно не успокоилась. Это что-то вроде обряда для нас двоих. Понимаешь?

Я привлек Симамото к себе и легонько прижался щекой к ее теплой щеке. Приподняв волосы, поцеловал в ухо, заглянул в глаза и увидел там свое отражение. В открывшейся передо мной бездонной глубине бил родник и мерцало слабое сияние. «Огонек жизни, — подумал я. — Сейчас горит, а ведь когда-нибудь и он погаснет». Симамото улыбнулась, и в уголках глаз, как обычно, залегли крошечные морщинки. Я поцеловал их.

— А теперь можешь меня раздеть, — сказала Симамото. — И делай, что хочешь. Теперь твоя очередь.

— Может, у меня воображения не хватает, но я предпочитаю традиционный способ. Ты как?

— Чудесно. И обычный подойдет.

Я снял с нее платье, лифчик, уложил на постель и осыпал поцелуями. Изучил каждый изгиб ее тела, ощупал и поцеловал каждый сантиметр, убеждая себя в том, что вижу, запоминая. Это заняло немало времени. Много лет прошло до этого дня, и я, как и Симамото, не хотел спешить. Я сдерживал себя, пока не пришел конец терпению, — и тогда медленно вошел в нее.

Мы любили друг друга снова и снова — то нежно, то с неистовой страстью — до самого утра и заснули, когда уже начало светать. В один момент, когда наши тела снова слились в единое целое, Симамото вдруг неистово зарыдала и, как одержимая, заколотила кулаками по моим плечам и спине. Я крепко прижал ее к себе. Мне показалось: не удержи я ее, и она разлетится на куски. Я долго гладил ее по спине, стараясь успокоить. Целовал шею, разбирал пальцами спутавшиеся волосы. Со мной была уже не та невозмутимая и сдержанная Симамото, которую я знал прежде. Стывшая все эти годы в тайниках ее души мерзлота начала понемногу таять и подниматься к поверхности. Я уловил ее дыхание, издали ощутил ее приближение. Дрожь замершей в моих руках Симамото передавалась мне, а вместе с ней приходило чувство, что она сама становится моей, и мы никогда больше не расстанемся.

— Я хочу все знать о тебе, — говорил я. — Какая у тебя жизнь была до сих пор, где сейчас живешь, чем занимаешься. Замужем ты или нет. Все — от и до. И больше никаких секретов.

— Завтра, — отвечала она. — Наступит завтра, и я все расскажу. А пока ни о чем не спрашивай. Сегодня ты ничего не знаешь. Если я все расскажу, обратного пути для тебя уже не будет.

— Я и не собираюсь возвращаться обратно. И кто знает, а вдруг завтра вообще не наступит. И я никогда не узнаю, что ты от меня скрываешь.

— Лучше бы завтра и вправду не приходило. Ты бы так ничего и не узнал.

Я хотел возразить, но она не дала мне сказать, закрыв рот поцелуем.

— Вот бы это «завтра» лысые орлы склевали. Подойдет им такая пища, как думаешь? — спросила Симамото.

— В самый раз. Вообще-то они искусством питаются, но «завтра» тоже подойдет.

— А грифы жрут...

— ...мертвечину, трупы человеческие, — сказал я. — Совсем другие птицы.

— А орлы, значит, едят искусство и «завтра»?

— Вот-вот.

— Меню что надо!

— А на десерт закусывают книжным каталогом «Вышли в свет».

— И тем не менее — до завтра, — улыбнулась Симамото.

* * *

Завтра все-таки наступило. Проснувшись, я обнаружил, что рядом никого нет. Дождь кончился, и в окно спальни прозрачным ярким потоком вливалось утреннее солнце. Часы показывали начало десятого. Симамото в постели не оказалось; на лежавшей рядом подушке осталась небольшая вмятина от ее головы. Я встал с кровати и вышел в гостиную. Заглянул в кухню, в детскую, в ванную, но нигде не нашел ее. Вместе с ней исчезла одежда и туфли, оставленные в прихожей. Я сделал глубокий вдох, чтобы вернуть себя к реальности, однако реальность оказалась непривычной и странной — не такой, как я думал. И совершенно меня не устраивала.

Одевшись, я вышел на улицу. «БМВ» стоял на месте — там, где я оставил его ночью. А вдруг Симамото проснулась раньше и решила прогуляться? Я обошел вокруг дома, потом сел в машину и поехал по окрестностям. Добрался даже до соседнего городка Мияносита — безрезультатно. Вернулся на дачу — по-прежнему никого. Обшарил весь дом, надеясь отыскать какую-нибудь записку, но так ничего и не нашел. Ничего, напоминающего о том, что еще совсем недавно она была здесь.

Без Симамото в доме стало ужасно пусто и душно. Воздух наполнился шершавыми пылинками, от которых першило в горле. Я вспомнил о подарке — пластинке Ната Кинга Коула. Ее тоже нигде не оказалось. Похоже, она унесла ее с собой.

Симамото опять исчезла, на этот раз даже не оставив мне надежд, что *может быть* через *какое-то время* мы встретимся снова.

15

В тот день я вернулся в Токио почти в четыре, просидев на даче до полудня в надежде, что Симамото вернется. Чтобы ожидание не превратилось в пытку, навел порядок на кухне, разобрал и разложил одежду. Тишина давила своей тяжестью, доносившиеся время от времени птичьи голоса и шум проезжавших автомобилей звучали как-то неестественно, не в такт. Будто неведомая сила искажала окружавшие меня звуки, гнула, сминала их. А я все сидел и ждал чего-то. Мне казалось: что-то должно произойти. Не могло же все вот так кончиться...

Но не произошло ничего. Симамото — не такой человек, чтобы, раз что-то решив, изменять потом свое решение. Надо было возвращаться. Маловероятно, конечно, но если ей захочется дать о себе знать, она может прийти ко мне в джаз-клуб. Сидеть дальше в Хаконэ, в любом случае, не имело смысла.

Возвращаясь в Токио, я тщетно пытался заставить себя сосредоточиться на дороге — несколько раз не заметил светофора, проехал поворот, перестраивался не в те ряды. Оставив машину на стоянке у клуба, позвонил из автомата домой и сообщил Юкико, что вернулся и сразу иду на работу.

— Что же ты так долго? Ведь я волновалась. Позвонил хотя бы, — сухо сказала она.

— Со мной все в порядке. Не беспокойся. — Я не представлял, как звучит по телефону мой голос. — Со временем туго, поэтому я прямо в офис. Счета надо проверить. А оттуда — в клуб.

В офисе я сел за стол и так и просидел один, ничего не делая, до вечера. Сидел и думал о прошлой ночи. Скорее всего, Симамото вообще не спала, а дождалась, пока я засну, и ушла на рассвете. Интересно, как же она в город вернулась? До шоссе далековато, но даже если она дошла, сесть в такой ранний час в автобус или поймать такси в горах Хаконэ — дело почти невозможное. Да в придачу у нее туфли на высоких каблуках.

Почему ей пришлось вот так уйти? Этот вопрос мучил меня всю дорогу до Токио. Мы же поклялись, что теперь принадлежим друг другу, и вспыхнули, забыв обо всем. И все-таки после всего, что произошло между нами, она меня бросила, сбежала, ничего не объяснив. Да еще и пластинку прихватила. А говорила — подарок. Должен же быть во всем этом какой-то смысл, какая-то причина... Ну не могла Симамото просто взять и ни с того ни с сего уехать. Я ломал голову, прикидывал разные варианты, но логического объяснения ее поступку не находил. Мысли разбегались, и от попыток собрать их вместе тупо заныла голова. Я почувствовал страшную усталость, сел на офисную тахту и, прислонившись к стенке, закрыл глаза. Открыть их сил уже не осталось. Воспоминания — единственное, на что я был способен. Вместо мыслей в мозгу раз за разом, словно на повторе склеенной в кольцо пленки, прокручивались картины прошлой ночи. Я вспоминал, какое у нее тело, как она лежала с закрытыми глазами возле печки, обнаженная. Ее шею, грудь, линию от плеча до бедер, волосы на лобке, под которыми скрывалось самое интимное, спину, бедра, ноги. Так близко, так ярко. Ближе и ярче реальности.

Сидеть в тесной комнате в окружении живых видений было невозможно. Я вышел из офиса и какое-то время бродил по округе без всякой цели. Потом зашел в джаз-клуб, побрился в туалете и вообще привел себя в порядок. Я ведь с самого утра не умывался и не переодел куртку, в которой ездил в Хаконэ. Никто в клубе ничего не сказал, хотя персонал и посматривал на меня с недоумением. Домой идти не хотелось. Стоило предстать перед Юкико, и я бы во всем сознался — что люблю Симамото, что провел с нею ночь, что собираюсь все бросить — дом, дочерей, работу...

Конечно, следовало ей все рассказать, но я не мог. Не мог понять, что правильно, а что нет. Не мог разобраться даже в том, что со мной происходит. Потому и пошел в клуб, а не домой, и решил ждать Симамото, хотя знал прекрасно, что она не придет. Просто ничего другого не оставалось. Я наведался в бар, чтобы проверить, нет ли ее там, потом вернулся в «Гнездо малиновки» и просидел за стойкой до самого закрытия. Как обычно, перекинулся парой фраз с завсегдатаями. Поддакивал, с трудом улавливая, о чем речь, а у самого перед глазами стояла Симамото, ее тело. Представлял, как мягко и нежно оно принимало меня. Как Симамото зовет меня по имени. И стоило зазвонить телефону, как сердце начинало колотиться в груди.

Клуб закрылся, гости разошлись, а я все сидел за стойкой, пил и совершенно не пьянел. Скорее наоборот — в голове наступало просветление. Домой я вернулся в третьем часу. Юкико не спала, дожидаясь моего прихода. Сон меня не брал, я сел за стол в кухне и налил себе виски. Жена тоже подсела ко мне со стаканом.

— Поставь какую-нибудь музыку, — попросила она. Взяв первую попавшуюся кассету, я сунул ее в магнитофон и сделал потише, чтобы не разбудить детей. Мы сидели друг напротив друга, пили виски и молчали.

— У тебя есть другая женщина? — спросила наконец Юкико, поглядев мне в глаза.

Я кивнул. Сколько раз она повторяла про себя эти слова, прежде чем произнести вслух? Они прозвучали очень отчетливо и серьезно.

— Что ж, значит, ты ее любишь. И у вас все по-серьезному?

— Да, — вымолвил я. — Это серьезно, но не совсем то, что ты думаешь.

— Откуда ты знаешь, что я думаю? Ты правда считаешь, что знаешь, о чем я могу думать?

Я промолчал. Говорить было, в общем-то, нечего. Юкико тоже молчала. Тихо играла музыка — то ли Вивальди, то ли Телеман. Кто-то из них двоих.

— Вряд ли тебе известно, о чем я думаю, — продолжала Юкико. Она говорила медленно, четко выговаривая каждое слово, будто объясняя ребенку. — Ты и понятия не имеешь.

Она кинула на меня взгляд, но, поняв, что возражать я не собираюсь, взяла стакан и сделала глоток виски. Медленно покачала головой:

— Не такая уж я дура. Я с тобой живу, сплю с тобой. Уж такие-то вещи я понимаю.

Я смотрел на нее и молчал.

— Ни в чем я тебя не виню. Ну полюбил другую, ничего не поделаешь. Любишь, кого любишь. Со мною тебе чего-то не хватало. Я знаю. Жили мы до сих пор нормально, и относился ты ко мне хорошо. Я с тобой была очень счастлива. Наверное, ты меня все еще любишь.

186

Но теперь все понятно: тебе одной меня мало. Рано или поздно это все равно бы произошло. Поэтому я не обвиняю тебя, что ты полюбил другую. И даже не сержусь, не обижаюсь. Странно, наверное, но это так. Просто мне больно, очень больно. Я знала, что будет больно, но не думала, что так сильно.

— Прости.

— Не надо просить прощения. Хочешь уходить — уходи. Я тебя не держу. Ну что? Уходишь?

— Не знаю, — ответил я. — Я хотел бы объяснить...

— ...что у вас с ней было?

— Да.

Юкико покачала головой:

— Я не хочу о ней ничего слышать. Не надо делать мне еще больнее. Меня не интересует, какие у вас с ней отношения. Я знать этого не желаю. Скажи одно: уходишь ты или нет. Мне ничего не нужно — ни дома, ни денег. Хочешь забрать детей — забирай. Не сомневайся, я серьезно. Собираешься уйти — только скажи. Больше ничего знать не хочу. И не надо ничего говорить. Только «да» или «нет».

— Я не знаю.

— Чего ты не знаешь? Уходить или нет?

— Да нет. Я даже не знаю, смогу ли на твой вопрос ответить.

— А когда будешь знать?

Я только покачал головой.

— Что ж, подумай хорошенько, — вздохнув, сказала Юкико. — Я подожду. Думай и решай.

Теперь мое место было в гостиной на диване. Бывало, проснувшись ночью, в гостиную пробирались дети. Им было интересно, почему папа здесь лежит. Я начинал объяснять, что стал сильно храпеть и мешаю отдыхать маме, поэтому мы решили спать в разных комнатах. Кто-нибудь из дочек залезал ко мне под одеяло и крепко прижимался ко мне. Иногда я слышал, как плачет в спальне Юкико.

Две недели я жил воспоминаниями, без конца прокручивая в голове подробности той ночи с Симамото и пытаясь отыскать какой-то смысл в том, что произошло. Или, быть может, сигнал, знак. Вспоминал, как обнимал ее, представлял ее руки в рукавах белого платья. До меня доносился голос Ната Кинга Коула, в печи полыхал огонь. И я повторял каждое сказанное ею в ту ночь слово:

— Серединка на половинку — такая жизнь не по мне.

— Это уже решено, — слышал я свой голос. — Я все время думал об этом, пока тебя не было. И решил.

Я видел глаза Симамото. Она смотрела на меня, когда мы ехали на дачу, и я вспоминал какую-то напряженность в ее взгляде, словно опалившем мою щеку. Этот взгляд я чувствовал до сих пор. Нет, то было нечто большее, чем просто взгляд. Меня не покидало ощущение витавшего над ней призрака смерти. Она в самом деле хотела умереть. Потому и поехала в Хаконэ — чтобы умереть. Со мною вместе.

— Ты нужен мне весь, целиком. *Понимаешь, что это значит?*

Симамото нужна была моя жизнь. Вот что означали эти слова. Только сейчас я это понял. Я сказал ей, что окончательно все решил. И она тоже решила. Как это сразу до меня не дошло? Очень может быть, что после ночи любви она собиралась убить нас обоих — по дороге в Токио на полной скорости вывернуть в сторону руль «БМВ». Наверное, у нее не оставалось другого выхода.

Однако что-то ее остановило, и она исчезла, ничего не объяснив.

Что же случилось? Как она оказалась в тупике? Почему? Зачем? И главное — кто загнал ее в этот тупик? И неужели смерть — единственный выход? Эти вопросы мучили меня: я строил догадки, перебирал все возможные варианты, но так ни к чему и не пришел. Симамото исчезла вместе со своей тайной. Тихо ускользнула без всяких *может быть*. Я готов был на стену лезть. Мы идеально подошли друг другу, наши тела соединились, но делиться со мной секретами она не пожелала.

«Ты знаешь, как бывает, Хадзимэ? Что-то сдвинулось и все — обратно уже не вернешь, — наверняка сказала бы она. Ночью я лежал у себя дома на диване и слышал ее голос, каждое ее слово. — Как было бы здорово, если бы вышло, как ты говоришь: уехать куда-нибудь вдвоем, начать новую жизнь... К несчастью, я не могу вырваться. Это *физически* невозможно».

Передо мной предстала другая Симамото — в саду возле подсолнухов сидела, застенчиво улыбаясь, шестнадцатилетняя девчонка.

«Все же не надо нам было встречаться. Я знала. С самого начала чувствовала, что так получится. Но ничего не могла с собой поделать. Так хотелось тебя увидеть, а увидела — сразу закричала: "Хадзимэ! Это я!" Ведь не хотела, а все равно закричала. Я под конец всегда все порчу».

Больше я ее не увижу. Она останется только в моей памяти. Исчезла. Была-была, а теперь нет и больше не будет. «Серединка на половинку... Такая жизнь не по мне». Где теперь эти ее *может быть*? Может, к югу от границы? Может быть. Или на запад от солнца? Нет, на запад от солнца никаких *может быть* не бывает.

Я стал от корки до корки просматривать газеты — искал сообщения о женщинах-самоубийцах. Оказывается, столько людей каждый день кончают с собой, но это все были другие люди. Нет, та красивая 37-летняя женщина с замечательной улыбкой, которую я знал, счетов с жизнью не сводила. Просто она оставила меня навсегда.

* * *

На первый взгляд, в моей жизни ничего не изменилось. Каждый день я отвозил дочерей в садик и привозил обратно. По дороге распевал с ними песенки. Иногда у ворот детского сада останавливался поболтать с молодой мамашей, которая приезжала на «мерседесе 260Е», и ненадолго забывал обо всем. Говорили мы на те же темы — о еде, одежде, с удовольствием обменивались новостями о том, что происходило у нас на Аояма, о натуральных продуктах и тому подобной ерунде.

На работе все шло как обычно. Каждый вечер я нацеплял галстук и отправлялся в одно из своих заведений. Вел разговоры с завсегдатаями, работал с кадрами, выслушивая их мнения и жалобы, подарил какую-то мелочь на день рождения одной из работавших у меня девчонок. Угощал наведывавшихся в бар или клуб музыкантов, дегустировал коктейли. Следил, настроен ли рояль, не напился ли кто и не мешает ли другим гостям. Чуть что, и я тут как тут. Дела шли гладко, даже чересчур, но интереса к работе, которая раньше меня так увлекала, уже не было. Хотя, думаю, никто этого не замечал. Внешне я оставался таким же, как прежде. Может быть, даже стал приветливее, любезнее, разговорчивее. Но сам я видел все другими глазами. С моего места у стойки окружающее казалось совсем другим, не таким, как прежде, — ужасно плоским, монотонным, выцветшим. Это был не воздушный замок, сияющий изысканными яркими красками, а заурядная «сакаба»[1], каких много, — искусственная, пустая, убогая. Декорация, выстроенная, чтобы вытягивать деньги из любителей приложиться к бутылке. Иллюзии, которыми была полна моя голова, рассеялись сами собой. А все потому, что Симамото здесь больше не появится. Никогда не сядет за стойку, не улыбнется, не закажет коктейль.

Дома тоже все оставалось по-прежнему. Я обедал в кругу семьи, по воскресеньям ходил с дочками на прогулку или в зоопарк. Юкико — по крайней мере, с виду — относилась ко мне как раньше. Мы общались, разговаривали. Жили, как старые знакомые, оказавшиеся под одной крышей. Конечно, говорить могли не обо всем, но напряженности или враждебности между нами не было. Просто теперь мы не прикасались друг к другу. Спали отдельно — я в гостиной на диване, Юкико в спальне. Пожалуй, только это в нашей семье и изменилось.

Иногда мне приходило в голову: а не игра ли все это. Не участвуем ли мы в каком-то непонятном спектакле, где у каждого своя роль? И потому, даже лишившись чего-то очень важного, проживаем день за днем как прежде, без серьезных ошибок и промахов, лишь за счет техники и усвоенных ловких приемов. Меня мутило от этих мыслей. Как тяжко, должно быть, Юкико жить вот так — в пустоте, как робот... Но дать ответ на ее вопрос я не мог. Конечно, уходить от нее не хотелось. Но мог ли я так прямо заявить: так мол и так, остаюсь? Нет. Только что собирался бросить ее вместе с детьми. Теперь Симамото

---

[1] В переводе с японского — «питейное заведение», «кабачок», «бар».

ушла навсегда и что же? Взять и вернуться назад, будто ничего не было? Жизнь — не такая простая штука, да и не должно быть все так просто. Вдобавок ко всему, Симамото никак не шла у меня из головы. Стоило закрыть глаза и ее облик рисовался четко и зримо. Я видел каждый сантиметр ее тела, ладони помнили ее кожу, в ушах звучал ее голос. Эти образы так глубоко отпечатались в мозгу, что я просто не представлял, как после этого можно обнимать Юкико.

Не хотелось никого видеть, и, не зная, что придумать, я стал каждое утро ходить в бассейн. Оттуда перемещался в офис, сидел там один, и, глядя в потолок, грезил о Симамото. Жизнь с Юкико пошла наперекосяк: я даже не мог ей ответить, что будет дальше. Жил как в пустоте. Но так же нельзя. Пора кончать. Не может такая жизнь продолжаться вечно. Ведь у меня есть обязанности — как у человека, мужа, отца. Но я ничего не мог с собой поделать — видения не оставляли, связывали по рукам и ногам. Когда шел дождь, становилось еще хуже. Начинался настоящий бред — казалось,сейчас неслышно отворится дверь и войдет Симамото, принесет с собой запах дождя. Я видел ее улыбку. Говорю что-то не то, а она улыбается и тихо качает головой. Все мои слова бессильно скатываются за грань реального, словно дождевые капли по стеклу. Ночью дождь не давал дышать. Искривлял реальность и время.

Видения доводили меня до одури, и тогда я подходил к окну и долго смотрел на улицу. Казалось, я вижу перед собой высохшую, без всяких признаков жизни, пустыню, в которой меня бросили одного. Крутившиеся в голове образы и картины высосали из окружающего мира все краски. Все, что было перед глазами, выглядело ненастоящим — пустым и однообразным. Каждый предмет пропылился насквозь и стал песочного цвета. Вспомнились слова однокашника, который рассказывал мне об Идзуми: «Все живут по-разному, по-разному и умирают. Но это не имеет значения. После нас остается лишь пустыня. Пустыня и больше ничего».

* * *

Пришла новая неделя, и, точно по заказу, случилось несколько непонятных событий. В понедельник утром я вдруг вспомнил о том конверте со ста тысячами иен. Просто так, без всякой причины. Как будто что-то подтолкнуло. Конверт лежал в офисе, в ящике стола. Несколько лет назад я положил его туда — во второй ящик сверху — и закрыл на ключ. Вместе с конвертом там хранилось еще кое-что ценное — переехав в этот офис, я все сложил в один ящик. Изредка его открывал, чтобы проверить, все ли на месте, и больше конверт не трогал. А тут выдвинул ящик и на тебе — нет конверта. Чудеса да и только... Я хорошо помнил, что никуда его не перекладывал. Абсолютно точно. На всякий случай обшарил остальные ящики, но конверта не нашел.

Я попробовал вспомнить, когда видел его в последний раз. Но разве вспомнишь? Не так давно, хотя «недавно» тоже не скажешь. Может, месяц, а может, два назад. Или даже три. И тогда конверт точно был.

В недоумении я сел на стул и уставился на ящик. Неужели кто-то сюда забрался, открыл ящик и забрал конверт? Маловероятно, потому что другие деньги и ценности лежали на месте, хотя совсем исключать такую возможность нельзя. Или я что-то перепутал. Машинально выбросил конверт и забыл. Провал в памяти. Такое тоже бывает. «Что ж, может, оно и к лучшему, — сказал я себе. — Все равно я собирался от него избавиться. А так все само собой решилось».

Однако теперь, когда я убедился, что конверт исчез, в голове у меня все перемешалось: конверт был, а мне стало казаться, что его не было. Странное чувство — вроде головокружения. Сколько я себя ни убеждал, что это все ерунда, ощущение, будто конверта никогда не было в природе, разрасталось во мне, грубо вторгалось в сознание, выдавливая из него и жадно поглощая мою былую уверенность в том, что конверт реально существовал.

Есть реальность, которая подтверждает реальность происходящего. Дело в том, что наша память и ощущения несовершенны и односторонни. До какой степени реально то, что мы считаем реальным? Где начинается «реальность, которую мы считаем реальностью»? Определить эту границу во многих случаях невозможно. И чтобы представить нашу реальность как подлинную, требуется другая, скажем так, — пограничная реальность, которая соединяется с настоящей. Но этой пограничной реальности тоже нужно основание для соотнесения с настоящей реальностью, а именно — еще одна реальность, доказывающая, что эта реальность — реальность. В сознании складывается такая бесконечная цепочка, и, без преувеличения, в каком-то смысле благодаря ей и существует человек. Но бывает, эта цепь в каком-то месте рвется, и в тот же миг человек перестает понимать, где же реальность настоящая. Та, что на том конце оборванной цепи, или та, что на этом?

Похоже, у меня и произошел такой разрыв. Задвинув ящик, я решил забыть об этом деле. Надо было сразу выбросить деньги, как только они оказались у меня в руках. А я их оставил, и это была ошибка.

* * *

В среду днем я проезжал по Гайэн-Хигасидори и заметил женщину, со спины очень похожую на Симамото. Она была в голубых брюках из хлопка, бежевом плаще, в белых туфлях-лодочках и приволакивала ногу. Как только я ее увидел, все вокруг меня будто замерло, застыло на месте. Воздух из легких поднялся к самому горлу, перехватив дыхание. Симамото! Это она! Я проехал немного вперед, чтобы рассмотреть ее в зеркало заднего вида, но в толпе прохожих разобрать что-то было невозможно. Я врезал по тормозам и услышал отчаянный гудок ехавшей за мной машины. Фигура, волосы такой же длины — вылитая Симамото. Я хотел тут же остановиться, но приткнуть машину было решительно некуда — на парковках ни одного свободного места. Метров через двести я кое-как втиснулся в какую-то щель и бросился назад, однако той женщины уже нигде не было. Я в отчаянии рыскал в толпе. «Она хромает! Значит, не могла далеко уйти!» — вертелось в голове. Расталкивая прохожих, я метался с одной стороны улицы на другую, взбежал на пешеходную эстакаду и разглядывал оттуда проходивших внизу людей. Рубашка насквозь промокла от пота. И тут до меня дошло: та женщина не могла быть Симамото. Она хромала на другую ногу. *А Симамото теперь вообще не хромает.*

Я качнул головой и глубоко вздохнул. Со мной действительно что-то не то. В голове поплыло, все силы сразу куда-то ушли. Я стоял, прислонившись к светофору, и смотрел под ноги. Светофор переключился с зеленого на красный, снова загорелся зеленый. Люди переходили улицу, подходили другие, останавливались, пережидая, и тоже переходили, а я так и прилип к столбу, хватая ртом воздух.

Наконец я поднял глаза и увидел перед собой лицо Идзуми. Она сидела в такси, стоявшем как раз напротив, и смотрела на меня из окна с заднего сиденья. Машина остановилась на красный свет, и нас разделяло не больше метра. Уже не та семнадцатилетняя девушка, которую я знал, — и все-таки я сразу понял, что это она. Совершенно точно — девчонка, с которой мы обнимались двадцать лет назад, с которой я в первый раз в жизни поцеловался. Она в тот далекий осенний день разделась передо мной и потеряла застежку от чулка. Конечно, двадцать лет — большой срок, люди меняются, но я не мог ее ни с кем спутать. «Ее дети боятся...» — вспомнились мне слова однокашника. Я не понял тогда, что он имел в виду, не уловил, что эти слова должны значить. Но теперь, когда оказался с Идзуми лицом к лицу, я все понял. *Ее лицо ничего не выражало.* Вообще ничего. Нет, неверно. Точнее будет сказать так: *На ее лице не было ни малейших признаков того, что мы называем выражением.* На ум пришло сравнение с комнатой, из которой вынесли всю мебель, до последней табуретки. И это бесчувственное, опустошенное лицо, напомнившее мне морское дно, мертвое и безмолвное, смотрело на меня не отрываясь. Или мне так показалось. По крайней мере, взгляд ее был устремлен прямо в мою сторону. Но он был бесконечно далек и пуст.

Онемев, я застыл на месте и, едва держась на ногах, делал редкие вдохи. На какое-то время чувство реальности оставило меня, я перестал понимать, кто я такой, — как будто утратил форму, расплылся вязкой и густой кашицей. Ничего не соображая, я почти непроизвольно вытянул руку и, коснувшись стекла, за которым сидела Идзуми, погладил его кончиками пальцев. Зачем? Не знаю. Удивленные пешеходы останавливались и смотрели на меня. Пальцы медленно водили по ее безликому лицу поверх стекла. Но Идзуми даже не шевельнулась, не моргнула ни разу. А может, она умерла? Нет, жива. Она живет в этом застывшем беззвучном мире за стеклом. На ее неподвижных губах застыло небытие, без конца и без начала.

Загорелся зеленый, такси тронулось с места. В лице Идзуми ничто не дрогнуло до самого конца. Я стоял, парализованный, и наблюдал, как такси растворяется в потоке машин.

Вернувшись к машине, я плюхнулся на сиденье. Надо ехать, подумал я и уже собрался было повернуть ключ зажигания, как меня страшно замутило. К горлу подкатил комок, и меня чуть не вырвало. Стиснув руль обеими руками, я просидел так минут пятнадцать. Подмышки промокли насквозь, от всего тела страшно воняло. Не то тело, которое Симамото нежно ласкала языком и губами, а тело мужика средних лет, источавшее неприятный запах.

Через некоторое время появился полицейский и постучал в окно. Я опустил стекло.

— Эй, здесь стоянка запрещена, — проговорил он, заглянув в салон. — Убирайте быстро машину.

Я кивнул и завел мотор.

— Ну и видок у вас! Вам что, плохо? — спросил полицейский.

Я молча покачал головой и уехал.

Несколько часов я не мог прийти в себя. Из меня будто высосали все содержимое, оставив одну пустую оболочку. Тело гудело, как пустая бочка. Внутри ничего не осталось, все куда-то ушло. Я остановил машину на кладбище Аояма и долго смотрел на небо через лобовое стекло. Там меня ждала Идзуми. Она всегда ждала меня. Где-то в городе, на улице, за стеклом. Ждала, когда я приду. Высматривала. Просто я этого не замечал.

Я на несколько дней словно онемел. Стоило открыть рот — и слова куда-то пропадали, будто застывшее на губах Идзуми ничто, проникнув в меня, поглощало их все без остатка.

Однако после этой невероятной встречи окружавшие меня призраки Симамото мало-помалу стали бледнеть и рассеиваться. В мир вернулись краски, и я избавился от чувства беспомощности: будто попал куда-то на Луну и лишился почвы под ногами. Смутно, словно наблюдая через стекло за кем-то другим, я улавливал едва различимые колебания силы тяжести, чувствовал, как тело постепенно освобождается от облепившей его пелены.

Что-то во мне оборвалось и исчезло. Беззвучно, резко и навсегда.

* * *

Когда наш маленький оркестр ушел на перерыв, я подошел к пианисту и попросил, чтобы он убрал из репертуара «Несчастных влюбленных».

— Сколько уже ты играешь эту вещь? Хватит, — сказал я, скроив приветливую улыбку.

Пианист внимательно посмотрел на меня, словно взвешивая что-то в уме. Мы были друзьями, иногда пропускали вместе по рюмочке, болтали о том о сем.

— Что-то я не очень понял. Ты хочешь, чтобы я пореже ее играл или не играл совсем. Есть разница. Объясни, пожалуйста.

— Я не хочу, чтобы ты ее играл.

— Тебе не нравится, как я играю?

— Что ты! Ты классный пианист. Редко кто так может.

— Значит, ты больше не хочешь ее слышать?

— Пожалуй, — сказал я.

— Почти как в кино — как в «Касабланке».

— Что-то вроде того.

После этого разговора он, завидев меня, иногда в шутку выдавал несколько аккордов из «Пока проходит время».

Слушать эту музыку я больше не хотел. Но вовсе не потому, что она напоминала мне о Симамото. *Просто она меня не трогала так, как раньше.* Сам не знаю почему. В ней уже не было того... особенного, что задевало душу все эти годы. Не осталось чувств, так долго соединявших меня с ней. Просто была прекрасная музыка, но и только. Оплакивать эти прекрасные останки я не собирался.

* * *

— О чем ты думашь? — спросила Юкико, заглянув ко мне в комнату.

Было полтретьего ночи. Я лежал на диване и глядел в потолок.

— О пустыне.

— О пустыне? — Юкико присела у меня в ногах. — О какой пустыне?

— Обыкновенной. С барханами и кактусами. Вообще, там много всякой живности.

— Я тоже к ней отношусь, к этой пустыне?

— Конечно, — отвечал я. — Мы все в ней живем. Хотя на самом деле живет одна пустыня. Как в фильме.

— В каком?

— Диснеевском. «Живая пустыня» называется. Документальное кино про пустыню. Ты в детстве что, не смотрела?

— Нет.

Странно. В школе нас всех водили на этот фильм. Впрочем, Юкико на пять лет моложе. Наверное, еще маленькая была, когда он вышел.

— Давай возьмем кассету и посмотрим в воскресенье все вместе. Хороший фильм. Там такие виды, животные разные, цветы. И детям, наверное, будет интересно.

Юкико с улыбкой посмотрела на меня. Давно я не видел, как она улыбается.

— Ты уходишь от меня?

— Послушай, Юкико. Я тебя люблю.

— Возможно, но я тебя о другом спрашиваю. Собираешься ты уходить или нет? «Да» или «нет». Других ответов мне не надо.

— Нет, я не хочу уходить, — покачал головой я. — Может, у меня нет права так говорить, но я не хочу. Я не знаю, что будет, если мы расстанемся. Я не хочу опять остаться один. Лучше уж умереть.

Юкико протянула руку и, легко коснувшись моей груди, заглянула мне в глаза:

— Забудь ты о правах. Какие тут могут быть права?

Я чувствовал на груди тепло ее ладони и думал о смерти. А ведь я мог умереть тогда вместе с Симамото на хайвэе. И меня бы не стало. Я бы исчез, испарился. Как исчезает многое в этом мире. Но я живу, существую. И на груди у меня теплая рука Юкико.

— Я очень тебя люблю, Юкико. С самого первого дня. И сейчас так же люблю. Как бы я жил, если бы мы не встретились? Словами не передать, как я тебе благодарен. И за все хорошее ты от меня такое получила! Потому что я эгоист, вздорный, никчемный тип. Гадости делаю тем, кто рядом со мной. Просто так, без всякой причины. А получается один вред самому себе. И другим, и себе жизнь порчу. Но я не нарочно. Как-то само собой получается.

— Не спорю, — тихо проговорила Юкико. С ее губ еще не сошла улыбка. — Ты в самом деле эгоистичный, вздорный и никчемный тип. И меня обижаешь.

Я долго смотрел на нее. Она ни в чем меня не обвиняла. В словах ее не было ни злости, ни грусти. Юкико лишь констатировала факт.

Я медленно подбирал нужные слова:

— Мне всю жизнь казалось, будто я хочу сделаться другим человеком. Меня все время тянуло в новые места, хотелось ухватиться за новую жизнь, изменить себя. Сколько их было, таких попыток. В каком-то смысле я рос над собой, менял личность. Став другим, надеялся избавиться от себя прежнего, от всего, что во мне было. Всерьез верил, что смогу этого добиться. Надо только постараться. Но из этого ничего не вышло. Я так самим собой и остался, что бы ни делал. Чего во мне не хватало — и сейчас не хватает. Ничего не прибавилось. Вокруг все может меняться, людские голоса могут звучать по-другому, а я все такой же недоделанный. Все тот же роковой недостаток разжигает во мне голод, мучит жаждой. И их не утолить, не насытить. Потому что в некотором смысле этот недостаток — я сам. Вот, что я понял. Сейчас я для тебя готов стать другим человеком. Мне кажется, я смогу. Это не просто, конечно, но я постараюсь. Может, получится. Но скажу честно: все может повториться. Я опять могу сделать тебе больно. Разве можно тут что-то обещать! Когда я говорил, что у меня нет права, я как раз это имел в виду. Не уверен, что переборю эту силу.

— И ты все время пытался укрыться от нее?

— Выходит, пытался.

Рука Юкико по-прежнему оставалась у меня на груди.

— Бедный!

Ее голос звучал так, как если бы она зачитывала надпись, которую кто-то извял на стене крупными буквами. Может, на стене и правда это было написано? — мелькнуло в голове.

— Честно, я не знаю, что тебе сказать. Уходить я точно не хочу. Но верный ли это ответ? Не знаю. У меня даже нет уверенности, могу ли выбирать, что ответить. Юкико, ты мучаешься. Я вижу. Руку твою чувствую. Но есть что-то совсем другое, чего нельзя увидеть и почувствовать. Называй как хочешь: ощущение, вероятность... Оно просачивается в меня откуда-то, опутывает изнутри. Живет во мне. Это не мой выбор, и я не в состоянии дать на него ответ.

Юкико долго ничего не говорила. В ночи под окном время от времени погромыхивали грузовики. Я выглянул на улицу, но ничего не увидел. Передо мной лежали только безымянное пространство и время, соединявшие ночь и рассвет.

— Мне хотелось умереть, пока все это тянулось, — начала она. — Я не пугаю тебя, нет. Просто говорю все, как есть. Я не раз думала о смерти, так мне было одиноко и тоскливо. Вообще-то умирать совсем не тяжело. Представь, что из комнаты медленно выкачивают воздух. Со мной примерно то же самое происходило — постепенно пропадало желание жить дальше. В такие минуты к смерти не так серьезно относишься. Я даже о детях не думала. Что с ними будет, если я умру? Почти не думала об этом. Вот до чего дошла в этом своем одиночестве. Тебе, наверное, этого не понять. Что я чувствовала, что думала, что могла с собой сделать. Вряд ли ты всерьез об этом задумывался.

Я молчал. Юкико убрала руку с моей груди и положила себе на колени.

— Но я не умерла. Осталась жить. Думала, что приму тебя, если ты когда-нибудь захочешь вернуться. Вот и не умерла. И дело не в том, кто на что право имеет, не в том, верно это или нет. Может, ты вздорный, может, никчемный. Может быть, ты опять сделаешь мне больно. Разве в этом дело? Ты ничего не понимаешь.

— Да, наверное я ничего не понимаю.

— И не о чем не спрашиваешь.

Я открыл было рот, но не нашел, что сказать. В самом деле, я никогда ни о чем ее не спрашивал. Почему? Ну почему, черт возьми?

— Теперь ты сам будешь решать, что ты вправе делать. Или *мы*. Может, как раз этого нам и не хватало. Нам казалось, мы вместе так много сделали, так много добились, а на деле не добились ничего. Все у нас шло чересчур гладко. Слишком счастливы были. Ты так не думаешь?

Я кивнул.

Юкико сложила на груди руки и посмотрела на меня.

— Знаешь, раньше я тоже видела сны, у меня были мечты, фантазии. Но в один день все кончилось, пропало. Еще до того, как мы с тобой встретились. Я их убила. Убила и выбросила по собственной воле. Так вырезают из тела отработавший свое ненужный орган. Правильно ли я сделала? Бог знает. Но тогда я не могла иначе поступить. Иногда мне снится сон. Будто кто-то принес мне то, что я выбросила. Снится все время одно и то же: какой-то человек держит *это* в руках и говорит: «Вы тут потеряли кое-что». Вот такой сон. Я была с тобой очень счастлива. Ни на что не жаловалась, и мне больше ничего не было нужно. Но несмотря на это, меня всю дорогу что-то преследует. Просыпаюсь ночью вся в поту. Меня не отпускает то, что я отбросила от себя, от чего отказалась. Так что не только с тобой такое. Не тебе одному приходится избавляться от чего-то, что-то терять. Ты меня понимаешь?

— Кажется, понимаю.

— Ты снова можешь сделать мне больно. Не знаю, как я буду реагировать в следующий раз. Хотя, может, в следующий раз это я сделаю тебе больно. Мы ничего не можем обещать. Ни ты, ни я. Но я все еще тебя люблю. Вот и все.

Я прижал ее к себе, погладил по волосам.

— Юкико, давай завтра начнем все с начала. У нас должно получиться. Сейчас уже поздно. А завтра — новый день. Вот и начнем.

Юкико внимательно посмотрела на меня и сказала:

— Ты так ни о чем и не спрашиваешь.

— Завтра начинаю новую жизнь. Что скажешь?

— Думаю, это хорошая мысль. — На ее лице мелькнула улыбка.

* * *

Юкико вернулась к себе, а я еще долго лежал и смотрел в потолок. Самый обыкновенный потолок, какие бывают в таких домах. Ничего особенного или интересного. И все же я не мог глаз от него оторвать. Время от времени по нему скользили отблески автомобильных фар. Видения больше не преследовали меня. Грудь Симамото под моими пальцами, звук ее голоса, аромат кожи — все это уже не воспринималось так ясно, так остро. В памяти всплывала Идзуми, ее бесстрастное, мертвое лицо. Стекло в такси, отделявшее нас друг от друга. Я закрыл глаза и стал думать о Юкико. Раз за разом повторял про себя то, что она мне сказала. Не открывая глаз, прислушивался к своему телу. Вероятно, что-то во мне менялось. Должно было измениться.

Я еще не знал, хватит ли у меня дальше сил хотя бы на то, чтобы содержать Юкико с детьми. Иллюзии, из которых были сотканы мои мечты, больше не помогут. Пустота всегда и везде остается пустотой. Я долго был погружен в нее, заставлял себя как-то в ней освоиться и, в конце концов, оказался в той же пустоте, с которой нужно свыкнуться. Теперь моя очередь внушать мечты другим, будить чьи-то фантазии. Вот что от меня требуется. Пусть этим мечтам и фантазиям не будет хватать энергии. Возможно. Но все равно, если в моем существовании есть хоть какой-нибудь смысл, я должен продолжать это дело, насколько хватит сил... *Может быть.*

Рассвет приближался, и я окончательно понял, что не усну. Накинув на пижаму джемпер, я пошел в кухню и приготовил кофе. Сел за стол и стал наблюдать, как постепенно светлеет небо. Давно мне не приходилось видеть, как светает. На краю небосвода возникла голубая полоса и стала медленно разбухать, как расплывается пролитая на бумагу капля синих чернил. Голубая-голубая, голубее всех имеющихся в природе оттенков этого цвета. Опершись локтями о стол, я наблюдал эту картину. Но как только из-за горизонта выкатилось солнце, эту лазурь тут же поглотил привычный свет наступившего дня. Я заметил: над кладбищем показалось одинокое облачко — белоснежное и с такими четкими контурами, что, казалось, на нем можно писать. Начался новый день. Что же он мне принесет? — спросил я себя, но не нашел ответа.

Наверное, повезу дочек в сад, потом пойду в бассейн. Как обычно. Вспомнился бассейн, в который я ходил, когда учился в школе. Я вспомнил стоявший там запах, эхо голосов под потолком. То была пора перевоплощения — вместо меня появлялся кто-то совсем другой. Встав перед зеркалом, я видел, что тело меняется прямо на глазах. А ночью, в тишине, даже слышно было, как оно растет. Я воплощался в нового человека, вступал в новое, неизведанное пространство.

Сидя за кухонным столом, я не спускал глаз с повисшего над кладбищем облака. Оно совсем не двигалось, замерло на месте, словно его приколотили к небу гвоздями. «Детей надо будить», — подумал я. Ночь прошла, пора вставать. Новый день нужен им куда больше, чем мне. Пойду в спальню, откину одеяло, дотронусь до них — мягких и теплых — и объявлю: «Подъем! Новый день начинается». Я знал, что должен сделать это, но никак не мог подняться из-за стола. Силы покинули меня. Казалось, кто-то подкрался сзади и без звука отключил меня от источника энергии, которой питалось тело. Положив локти на стол, я закрыл лицо руками.

В темноте перед глазами возникла картина: море, дождь... Он неслышно проливается на необъятную водную гладь и никто этого не видит. Капли дождя бесшумно падают, но даже рыбы не знают, что наверху идет дождь.

Я оставался в мыслях с этим морем, пока кто-то не вошел в комнату и тихо не положил руки мне на спину.

Литературно-художественное издание

Харуки Мураками

К ЮГУ ОТ ГРАНИЦЫ, НА ЗАПАД ОТ СОЛНЦА

Ответственный редактор *Н. Касьянова*
Редактор *М. Немцов*
Корректор *Н. Зорина*

ООО «Издательство «Эксмо».
127299, Москва, ул. Клары Цеткин, д. 18, корп. 5. Тел.: 411-68-86, 956-39-21.
Интернет/Home page — www.eksmo.ru
Электронная почта (E-mail) — **info@ eksmo.ru**
По вопросам размещения рекламы в книгах издательства «Эксмо»
обращаться в рекламное агентство «Эксмо». Тел. 234-38-00.

Оптовая торговля:
109472, Москва, ул. Академика Скрябина, д. 21, этаж 2.
Тел./факс: (095) 378-84-74, 378-82-61, 745-89-16.
Многоканальный тел. 411-50-74. E-mail: **reception@eksmo-sale.ru**

Мелкооптовая торговля:
117192, Москва, Мичуринский пр-т, д. 12/1. Тел./факс: (095) 411-50-76.

Книжные магазины издательства «Эксмо»:
Супермаркет «Книжная страна». Страстной бульвар, д. 8а. Тел. 783-47-96.
Москва, ул. Маршала Бирюзова, 17 (рядом с м. «Октябрьское Поле»). Тел. 194-97-86.
Москва, Пролетарский пр-т, 20 (м. «Кантемировская»). Тел. 325-47-29.
Москва, Комсомольский пр-т, 28 (в здании МДМ, м. «Фрунзенская»). Тел. 782-88-26.
Москва, ул. Сходненская, д. 52 (м. «Сходненская»). Тел. 492-97-85.
Москва, ул. Митинская, д. 48 (м. «Тушинская»). Тел. 751-70-54.
Москва, Волгоградский пр-т, 78 (м. «Кузьминки»). Тел. 177-22-11.

Северо-Западная Компания представляет весь ассортимент книг издательства «Эксмо».
Санкт-Петербург, пр-т Обуховской Обороны, д. 84Е.
Тел. отдела реализации (812) 265-44-80/81/82.

Сеть книжных магазинов «БУКВОЕД». Крупнейшие магазины сети:
Книжный супермаркет на Загородном, д. 35. Тел. (812) 312-67-34
и Магазин на Невском, д. 13. Тел. (812) 310-22-44.

Сеть магазинов «Книжный клуб «СНАРК» представляет самый широкий ассортимент книг
издательства «Эксмо». Информация о магазинах и книгах в Санкт-Петербурге по тел. 050.

Всегда в ассортименте новинки издательства «Эксмо»:
ТД «Библио-Глобус», ТД «Москва», ТД «Молодая гвардия»,
«Московский дом книги», «Дом книги в Медведково», «Дом книги на Соколе».

Весь ассортимент продукции издательства «Эксмо»
в Нижнем Новгороде и Челябинске:
ООО «Пароль НН», г. Н. Новгород, ул. Деревообделочная, д. 8. Тел. (8312) 77-87-95.
ООО «ИКЦ «ДИС», г. Челябинск, ул. Братская, д. 2а. Тел. (8512) 62-22-18.
ООО «ИнтерСервис ЛТД», г. Челябинск, Свердловский тракт, д. 14. Тел. (3512) 21-35-16.

Книги «Эксмо» в Европе — фирма «Атлант». Тел. + 49 (0) 721-1831212.

Подписано в печать с готовых монтажей 24.06.2003.
Формат 84 × 108 $^1/_{32}$. Гарнитура «Ньютон». Печать офсетная.
Бум. офс. Усл. печ. л. 10,09. Доп. тираж 20 100 экз. Заказ 9866
Отпечатано в полном соответствии
с качеством предоставленных диапозитивов
в ОАО «Можайский полиграфический комбинат»
143200, г. Можайск, ул. Мира, 93.

ISBN 5-699-03050-6

9 785699 030507